KB153579

밀레니얼 칠드런

밀레니얼 칠드런

장은선 장편소설

비룡소

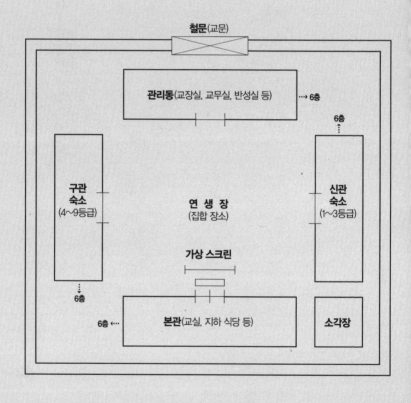

차례

프롤로그

지금으로부터 그다지 멀지 않은 미래.

인류는 또다시 위대한 진보를 이룩했다. 의료 기술의 발달로, 병원에서 간단한 진료를 받는 것만으로 노화를 멈추고 젊음을 유지할 수 있게 되었던 것이다. 연간 사망률은 대폭 하락했다. 노화가 획기적으로 느려진 신인류 일 세대들이 사망하기 전까지는 수명의 한계를 측정할 수 없었기에 인간 평균 수명이라는 말은 사어가 되었다.

사람들은 새로운 시대의 도래에 환호했다. 그러나 얼마 지나지 않아 미처 대비하지 못한 문제가 대두되었다. 사망률이 낮아지자 인구가 감당할 수 없을 정도로 증가하기 시작했던 것이다.

각 나라의 정부들은 수습에 나섰다. 처음에는 아이를 한 명만

갖도록 법으로 제한했다. 그로는 미흡하다는 판단이 서자, '자식세'를 신설하여 아이를 가지면 그에 상응하는 세금을 물도록 했다. 부모의 길을 선택한 사람들은 자식이 만 스무 살 성인이 될 때까지 매월 자식세를 납부해야 했다. 몰래 아이를 낳아 기르다가 발각된 경우, 부모는 처벌을 받고 아이는 성인이 될 때까지 국립 보육시설이나 학교에서 집단으로 관리되었다.

다시 시간이 흐르자, 자식은 부유층이 재력을 과시하기 위해 갖는 사치의 상징이 되었다. 노화가 정지된 일 세대는 그때까지도 현역으로 사회 활동 중이었으며, 여전히 인간 수명의 한계는 밝혀지지 않은 채였다. 병원에서 손쓸 틈이 없을 만큼 치명적인 사고를 당하지 않는 한, 인간은 죽음의 공포를 잊고서 살아갈 수 있게 되었다.

1

식당

반지르르한 메탈 색 전기차가 미끄러지듯 교문을 통과했다. 교문 양옆으로 빙 둘러선 벽은 매끈매끈하고 투명했다. 5미터는 거뜬히 넘을, 높은 벽의 끄트머리가 45도 정도 안쪽으로 구부러져 있었다. 멍한 눈으로 차창 밖을 바라보던 새벽의 시야에 언뜻 글자 같은 것이 스쳐 지나갔다.

「사립고등학교」

여기가 어디인지도 왜 여기 왔는지도 모르겠다. 짙은 안개 속에서 길을 잃어버린 채 미아가 된 꿈을 꾸는 것처럼 모든 것이 몽롱하기만 하다. 그냥 시키는 대로 차에 탔고, 이끄는 대로 내려서 걸었다.

생각하기를 포기한 채 외부의 흐름에 몸을 맡기고 있던 새벽이 정신을 차린 것은, 누군가가 자신의 이름을 불렀을 때였다. 날카롭고 딱딱한 목소리였다.

"문도새벽, 등록번호 0037239-4824601."

새벽이 고개를 들었다. 콘크리트로 둘러싸인 회색 방의 중앙에 땅딸막한 사내가 서 있었다. 사내가 얇은 입술을 뒤틀면서 싱긋 웃는다. 반달 모양으로 휘어지는 눈에 호기심과 우월감이 서렸다.

허공에 가상 화면이 떠오르자 새벽의 이력이 좌르륵 펼쳐졌다. 지난 십팔 년 동안 받은 모든 교육, 살던 곳, 교우 관계, 부모의 직업과 사망 기록까지. 새벽은 생기 잃은 눈으로 멍하니 화면을 바라보았다.

화면을 응시하던 사내의 눈이 이채를 띠었다.

"이건 또 뭐야? 헤이가 아니네? 허어, 네가 바로 그 희귀한 등록아동이냐? 부모가 돈이 썩어 났나 보구만. 니미, 이놈의 돈은 필요한 사람한텐 안 오고……."

부모의 사망 기록을 보면서 천박한 감탄사를 내뱉은 사내가 새벽에게로 돌아섰다.

"살다 살다 부모 사고사로 여기 온 놈은 처음 본다. 목숨이 너무 질겨 죽기도 힘든 세상인데, 안될 놈은 역시 안되는 거야. 그치? 자, 옷 벗어."

"……네?"

멍하니 있느라 사내의 말을 이해하는 속도가 늦었다. 이제까지 한 마디도 하지 않았던 새벽이 처음으로 반문했지만, 사내는 귀찮다는 말투로 한 번 더 말했다.

"옷 벗으라고, 새끼야."

"옷을 벗으라니…… 여기서요?"

짜악, 귀를 찢을 듯한 파열음이 회색 공간 안에 쟁쟁하게 울렸다. 왼쪽 뺨이 불에 덴 것처럼 화끈했다. 그제야 새벽은 자신이 사내에게 뺨을 맞았다는 사실을 깨달았다.

"까라면 까, 새끼야. 뭔 말이 이렇게 많아?"

사내가 눈을 부라렸다. 그 기세에 눌린 새벽이 웃옷을 벗었다. 바지를 내리는데 얼굴이 수치심으로 달아올랐다. 이런 경우는 태어나 처음 겪는다. 아무리 생각해도 지금 이 상황은 부당했다. 그런데 상대가 약간 강압적으로 나왔다고 해서 바로 겁먹고 시키는 대로 따르는 자신이 너무도 한심했다.

웃옷과 바지가 바닥에 떨어졌다. 새벽이 똑바로 서자 사내가 눈살을 찌푸렸다.

"팬티도 벗어."

"싫습니다."

"뭐야?"

"죄수도 이렇게 취급 안 합니다. 이유도 설명하지 않고 사람 보는 앞에서 속옷까지 벗으라고 강요하시는 건…… 악!"

순간 전신에서 힘이 빠지면서 불붙는 것 같은 충격이 하반신을 덮쳤다. 새벽은 말을 끝까지 잇지 못하고 다리를 오므리면서 그 자리에 주저앉았다. 급소를 걷어차인 충격으로 부들부들 떨고 있는 새벽을 내려다보던 사내가 한숨을 푹 쉬었다.

"하, 이거 맹랑한 놈이 들어왔네. 새끼야, 네가 죄수씩이나 되는 줄 아냐? 아니지, 넌 걔네만도 못해. 왜냐? 걔들도 성인권은 있거든. 성인이니까 인권 찾을 수 있고, 출소하면 섹스도 할 수 있고, 술 담배도 맘대로야, 알아? 하지만 너네는 말이야……."

웅크린 새벽의 등을 사내의 구두가 꾸욱꾸욱 눌렀다.

"나라가 힘드니까 돈 없으면 낳지 좀 말라고 그렇게 말해 댔건만, 꼴리는 대로 풍풍 싸재끼고 토낀 범법자 년놈들 똥이야, 똥. 그런 걸 거둬서 입히고 재워 주는데, 씨발, 인권까지 알아 모셔야 하나?"

새벽이 이를 악물고서 고개를 틀어 사내를 노려보았다. 사내가 피식 웃더니 새벽의 옆구리를 가볍게 걷어찼다.

"어딜 꼬라봐? 거시기 차여서 화났냐? 걱정 마, 어차피 넌 그거 써먹어 볼 일 없으니까. 내가 그런 것도 생각 안 하고 걷어찼겠니? 그래도 명색이 선생인데."

청산유수로 자기 할 말을 마친 사내가 양옆에 선 세이버(경비로봇) 두 대를 돌아보았다. 왼쪽에 선 로봇의 촉수 끝에서 뭔가 둥그런 것이 번뜩이고 있었다.

"발찌."

철컥. 싸늘한 금속이 오른쪽 발목을 꽉 무는 것이 느껴졌다. 여전히 몸을 떨면서 꼼짝도 못하고 주저앉아 있는 새벽 앞에 잿빛 옷자락이 펄럭이며 떨어졌다.

"입어. 팬티까지 싹. 아, 그리고."

냉랭하게 말한 사내가 한쪽 입꼬리를 끌어 올렸다.

"머리 잘라야지."

뚜벅, 뚜벅, 뚜벅. 아무도 없는 텅 빈 복도에 발소리만이 쟁쟁하게 울렸다. 사내가 앞장서서 걸어가고, 그 뒤에 새벽이, 마지막으로 세이버 한 대가 뒤를 따랐다. 발찌를 매단 오른쪽 다리가 왼쪽보다 무거운 것처럼 느껴져서 걷기가 영 어색하다.

고개를 숙이자 갈아입은 재색 교복의 왼쪽 가슴에 부착된 등록번호가 보였다. 복도 왼쪽에는 키 큰 남자도 발돋움해야 내다볼 수 있을 만한 높은 위치에 작은 창들이 줄지어 있다. 쇠창살 사이로 차가운 공기가 새어 들어왔다. 강제로 깎인 짧은 머리칼에 스며드는 바람의 감촉이 생경하리만큼 싸늘해서 목덜미에 소름이 돋았다.

학교, 정부에 허가받지 않고 태어난 아이들을 집단으로 수용하고 교육하는 국가기관.

새벽이 학교라는 시설에 대해 아는 것이라곤 그것뿐이었다.

13

자신과는 인연이 없는 곳이라고 생각했다. 꼬박꼬박 납세한 정식 등록아동인 자신이 하루아침에 학교로 끌려가는 날이 올 거라곤 상상도 하지 못했다.

꺾여 들어간 복도 오른쪽에 자동문들이 늘어서 있다. 사내가 앞에 서자 문이 열렸다.

때가 탄 듯한 더러운 흰색으로 둘러싸인 방 안에 일인용 의자들이 여섯 개씩 여섯 줄로 빽빽하게 놓여 있었다. 의자들 사이에는 사람 한 명이 걸어갈 수 있을 만한 공간이 전부다. 모두가 앞쪽을 응시하도록 같은 방향으로 붙박여 있는 의자 앞에는 저마다 가상 화면이 띄워져 있었다.

거기에 새벽 또래로 보이는 남자아이들이 방 안 가득 앉아 있었다. 모두 똑같이 머리를 짧게 깎은 채 재색 교복을 입고 있어서 전체가 한 덩어리로 보인다. 새벽과 사내가 들어서자 얼굴 없는 수십 개의 시선이 동시에 그들을 꿰뚫었다. 새벽은 오싹 소름이 돋았다.

사내가 턱으로 오른쪽 끝에 비어 있는 의자 하나를 가리켰다.

"저기 가서 앉아."

사내는 그것만 말한 후 문 밖으로 걸어 나갔다. 삐빅 하는 작은 전자음과 함께 자동문이 굳게 닫혔다. 방에는 다시 침묵만이 흘렀다.

새벽은 잰걸음으로 사내가 가리킨 빈자리로 다가갔다. 계속

시키는 대로 따르는 것 같아 마음에 안 들지만, 아이들의 시선에서 빨리 도망치고 싶었다.

의자에 앉자 눈앞에 떠오른 가상 화면 속에 새벽의 신상 명세가 펼쳐졌다. 발찌를 인식한 매트릭스가 본인 등록 절차를 진행 중이었다. 새벽은 오른쪽 발목에 채워진 발찌를 힐끔 내려다보았다. 발찌에 붙은 노란색 액정에 뜻 모를 숫자 여섯 자리가 표시되어 있다.

본인 인증이 끝나자 가상 화면 속에서 강의하는 교사의 모습이 떠올랐다. 하지만 수업 따위에 집중할 여유가 없었다. 온 신경이 고슴도치의 가시처럼 곤두서 있었다.

새벽을 쳐다보는 사람은 없다. 똑같은 모양으로 머리를 깎은 뒤통수들이 바둑알처럼 주르륵 앉아서 각자 앞에 있는 모니터를 보는 중이다. 하지만 알 수 있었다. 저들의 신경이 모두 자신에게 집중되어 있다는 걸. 단순한 호기심인지 뚜렷한 적의인지 판단할 수 없는 긴장감이 반 전체를 뒤덮고 있다. 눈, 코, 입이 없는 민둥 얼굴, 시선을 맞출 수도 말을 걸 수도 없는 뒤통수. 식은 땀이 등줄기를 타고 흘러내렸다.

때르르릉. 갑자기 날카로운 소리가 울려 퍼져서 움찔했다. 이게 무슨 소린가 천장을 올려다보는데, 석상처럼 딱딱하게 앉아 있던 아이들이 주문에서 풀려난 것처럼 하나 둘 움직이기 시작했다. 순식간에 주변이 시끌시끌해졌고, 문 밖으로 나가는 아이도 있었다.

방금 들린 그 소린 뭐였지? 꼭 비상벨 같았는데. 새벽은 놀란 가슴을 진정시키며 주변을 둘러봤다. 아무래도 쉬는 시간인 모양이다. 움직이는 아이들은 아까보다는 좀 더 인간 같아 보였다. 말하기도 하고 웃기도 한다.

"야! 신입!"

누가 등을 툭 쳤다. 고개를 들자 낯선 소년 두 명이 무표정한 얼굴로 새벽을 보고 있었다. 양 볼에 여드름이 가득한 소년이 말했다.

"밥 먹자. 저녁 시간이다."

새벽은 머뭇거리며 일어섰다.

복도는 각 방에서 쏟아져 나온 아이들로 붐볐다. 그들의 발걸음은 하나같이 같은 건물의 지하 1층으로 향하는 중이었다. 무리에 휩쓸려 지하 식당으로 들어가는데, 눈이 가느다란 소년이 새벽에게 물었다.

"어디 살다 왔어?"

"응?"

긴장해서 주위를 둘러보던 새벽이 되묻자 소년이 다시 물었다.

"어디서 왔냐고."

"아…… 서울에서."

"엑, 개뻥. 서울에 어떻게 헤이가 숨어 사냐? 단속이 엄청 심

16

할 텐데."

"헤이? 그게 뭔데?"

새벽의 반응을 본 소년들이 고개를 갸우뚱거렸다.

"헤이 말야. 헤이하이즈."

그제야 새벽은 질문의 의미를 깨달았다.

헤이하이즈(黑孩子)는 중국에서 유입된 단어로, 정부에 등록되지 않은 채 몰래 길러진 아이를 가리키는 말이다.

유래는 20세기로 거슬러 올라간다. 당시 중국 정부는 늘어나는 인구를 막기 위해 산아제한 정책을 펼쳤고, 이에 따라 가구당 한 자녀만이 허용되었다. 법적으로 존재할 수 없지만 태어나버린 둘째나 셋째 아이들은 호적에 오르지 못한 채 '없는 인간'으로서 어둠 속에 살아야 했다.

한국이 산아제한 정책을 펼치기 시작하자, 중국에서 그랬듯이 시골 등지에서 자식세를 내지 않고 몰래 아이를 낳아 기르는 현상이 발생했다. 매체에서 그 상황을 설명하는 와중에 중국 단어인 헤이하이즈가 그대로 유입되었던 것이다.

새벽은 주저하면서 고개를 저었다.

"난 헤이하이즈가 아니었거든."

"뭐? 헤이가 아냐?"

"서, 설마……."

여드름이 눈을 휘둥그렇게 뜨면서 물었다.

"등록아동이었다는 소리야?"

새벽이 고개를 끄덕이자 실눈이 놀라면서 새벽의 어깨를 두드렸다.

"진짜냐?"

"뭐야, 그럼 집이 졸라 부자잖아! 근데 여기서 뭐해?"

"그건……."

새벽은 어떻게 대답해야 할지 망설이면서 늘어선 줄의 끝에 섰다. 그를 본 실눈이 기겁하면서 새벽을 끌어당겼다.

"야, 야! 그쪽은 넘버즈 줄이잖아."

"넘버즈?"

그때였다. 뒤쪽에서 거친 고함이 들려왔다.

"야! 거기 너 뭐야!"

여드름과 실눈의 얼굴에서 핏기가 싸악 가셨다. 당황해서 뒤를 돌아본 새벽의 눈에 덩치 좋은 소년들의 무리가 보였다. 예닐곱 명 정도 될까. 이미 배식을 받은 것인지 식당 안쪽의 탁자와 의자에 걸터앉아 있던 그들이 이쪽을 노려보고 있었다.

시끌시끌하던 사방이 삽시간에 조용해졌다. 등 뒤에서 여드름이 당황해서 중얼거리는 소리가 들렸다.

"헉, 악어!"

악어?

그게 무슨 뜻인지 물어볼 틈도 없이, 건너편 무리 중 두 명이

18

이쪽으로 성큼성큼 걸어왔다. 도저히 우호적이라고는 생각할 수 없는 눈빛이었다. 여드름과 실눈은 어느새 새벽 옆에서 사라지고 없었다.

코앞으로 다가온 소년이 새벽을 확 밀쳤다. 비틀거리며 뒤로 물러서자 다른 아이가 팔을 붙들었다.

"뭐야, 넌? 헤이지? 어디서 남의 줄에 새치기야?"

뭐가 뭔지 모르겠다. 뭘 잘못한 거지? 사과해야 하나? 새벽은 쭈볏거리면서 겨우 입을 열었다.

"아, 미안. 오늘 들어와서 뭐가 뭔지⋯⋯."

그 말을 들은 소년들의 안색이 변했다.

"오늘 들어와? 그럼 네가 그⋯⋯."

"아하, 네가 오늘 왔다던 '등록아동'이시구만?"

새벽을 을러대던 소년이 뒤쪽에 앉아 있던 패거리를 힐끗 돌아보며 들으라는 듯이 크게 외쳤다. 그러자 그들 중 한 명이 고개를 들더니 새벽을 향해 시선을 던졌다.

남들보다 머리 두 개는 큰 학생이었다. 솔직히, 청소년으로 보이지 않는 체격과 외모다. 새벽도 신장이 작은 편이 아닌데 그는 더 컸다. 거의 2미터에 가까울 것 같다. 풀어헤친 셔츠 앞섶 너머로 유독 새까만 피부가 비쳤다. 혼혈일까? 이목구비가 뚜렷한 얼굴 한가운데서 눈동자가 야수처럼 번득였다.

그의 시선을 확인한 소년이 야비하게 웃으면서 새벽의 뺨을

19

툭툭 쳤다.

"이야, 등록아동이라는 게 있다고 말만 들었지, 보는 건 또 처음이네. 어쩌다 학교에 오시게 됐대?"

"피부 곱다? 이거 사내새끼 맞아?"

"귀한 몸이시잖냐. 우리랑 다르게 좋은 것만 먹었을 테니 어련하시겠어."

정신을 차리고 보니, 다른 녀석들까지 몰려와 새벽을 둘러싸고 킥킥대고 있었다. 비아냥거리던 소년이 새벽의 명치를 호되게 때렸다. 새벽이 헉 소리를 내면서 몸을 웅크리자, 뒤쪽에 서 있던 누군가가 무릎 안을 걷어찼다. 다리가 꺾인다. 무릎을 꿇고서 숨을 거세게 토하는 새벽의 어깨에 소년이 발을 올려놓았다.

"쿨럭, 쿨럭."

"어이, 친절하게 말을 걸면 너도 뭐라고 대꾸 좀 해 봐. 사람 말이 말 같지가 않냐?"

"아님 바깥 놈들은 영어만 쓰냐? 한국말 몰라?"

"글쎄? 바깥 구경한 놈이 있어야 말이지. 재한테 물어봐."

"말을 안 하잖아. 이 새끼가!"

그게 신호가 된 것처럼 사방에서 욕설과 발길질이 날아들었다. 패거리의 중심에 앉아 있는 검은 소년은 팔짱을 끼고서 얻어맞는 새벽을 가만히 내려다보았다.

심장이 서늘해질 만큼 무서운 눈빛이었다. 무력한 상대를 괴롭히며 즐기려는 양아치의 눈이 아니었다. 자신의 정당함을 믿어 의심치 않는, 복수심에 불타는 심판자와도 같은 시선이었다. 그리고 그 증오는 오직 새벽에게만 집중되어 있었다.

구경꾼들도 그 사실을 깨달은 모양이었다. 희생자가 정해져 있다는 데에서 오는 안도감과 비일상적인 상황에 반응하는 희열이 순식간에 공기를 물들였다. 얼어붙었던 분위기가 기묘한 흥분으로 바뀌었다. 키득대는 웃음소리가 여기저기서 터져 나왔다.

"잠깐! 잠깐만."

낭랑한 목소리가 들려왔다. 둥글게 둘러서 있던 구경꾼들을 헤치고 누군가가 앞으로 나왔다. 새벽을 걷어차던 아이들이 멈칫했다.

한 소년이 서 있었다. 키는 새벽 정도일까. 반듯한 턱선 위로 또렷하게 빛나는 눈이 흔들림 없이 이쪽을 응시한다. 싸움을 잘할 것 같은 체격은 아니었지만, 교본처럼 단정하게 교복을 차려입고 당당히 서 있는 모습에서 기백이 느껴졌다. 새벽을 둘러싸고 있던 구경꾼들이 빛을 쬔 바퀴벌레처럼 단숨에 양옆으로 흩어졌다.

검은 소년이 한숨처럼 중얼거렸다.

"이오냐."

2

옥상

구경꾼들을 헤치고 나타난 소년이 씨익 웃더니 이쪽으로 걸어왔다. 똑같이 짧은 머리에 잿빛 교복을 입고 발찌도 차고 있으니 이곳의 학생인 게 분명한데, 다른 아이들은 마치 그가 교사라도 되는 것처럼 흠칫거리고 있었다. 바닥에 내팽개쳐진 새벽의 눈에 소년의 발목이 들어왔다. 발찌 액정이 붉은색이다. 주황색과 노란색, 혹은 파란색인 발찌들 사이에서 그 붉은빛은 독보적으로 돋보였다.

"뭐야?"

검은 소년이 짤막하게 되물었다. 낮게 깔린 목소리가 어딘가 시비조였다. 이오라고 불린 소년이 검은 소년을 똑바로 쳐다보며 대답했다.

"걔는 오늘 처음 왔잖아. 잘 몰라서 그런 거니까 봐줘."

"선도부도 아니면서 무슨 참견이야?"

새벽을 때리던 소년 한 명이 으르렁댔다. 하지만 이오는 상대를 쳐다보지도 않고서 냉랭한 목소리로 대꾸했다.

"조용히 해. 악어랑 얘기 중이잖아."

한창 달아올랐던 식당 안 공기가 급격히 차가워졌다. 모두가 숨을 죽이고서 이오와 검은 소년만을 주목하고 있었다. 악어라고 불린 검은 소년이 말했다.

"저놈은 등록아동이야."

"알아."

"근데?"

"부탁할게."

이오가 진지한 목소리로 악어에게 말했다.

"난 누구에게도 부탁하지 않아. 너한테만 하지. 알잖아."

잠시 침묵이 흘렀다. 말없이 이오를 노려보던 악어가 천천히 몸을 돌렸다. 그와 동시에 얼어붙었던 시간이 움직이기 시작했다. 악어와 무리들은 자리에 앉았고, 구경꾼들은 흩어졌다. 아무 일도 없었다는 듯 배식 줄이 움직였다.

욱신대는 몸을 힘겹게 일으키는 새벽에게 이오가 다가와 손을 내밀었다.

"괜찮아?"

"응…… 아마."

얼떨결에 그 손을 잡고 일어난 새벽이 멍하니 이오를 바라보았다. 이오가 싱긋 웃었다. 반듯한 입가에 난 작은 뾰루지가 유독 눈에 들어왔다.

화장실 수도꼭지에서 비실비실 흘러내리는 찬물을 얼굴에 끼얹자 조금 정신이 돌아왔다. 숨을 깊게 토하면서 고개를 든 새벽은 세면대 거울에 비친 이오를 보고 감사 인사조차 하지 않았다는 사실을 깨달았다.

"고마워. 너, 이름이……."

"이오야."

"난 새벽이야. 문도새벽."

이오의 서글서글한 눈이 부드럽게 휘어졌다.

"성이 문도야?"

"응. 아버지 성과 어머니 성을 합쳐서 써. 너는?"

"난 성이 없어."

"성이 없다니?"

"넘버즈니까."

"뭐?"

이오가 피식 웃더니 말했다.

"헤이가 뭔지 알지?"

24

"헤이하이즈를 말하는 거 아냐?"

"맞아. 하지만 몰래 기르는 걸 포기하고, 낳자마자 버린 아이들도 있잖아? 그런 아이들은 기관에서 등록번호의 끝자리를 이름으로 주거든."

이오가 자신의 앞가슴을 가리켰다. 그의 등록번호가 왼쪽 가슴 위에 새겨져 있었다. 3475225.

"그럼 너, 이오라는 이름은⋯⋯."

"25에서 온 거지. 여기 애들 절반은 그런 이름이야. 그런 아이들을 '넘버즈'라고 해."

설명을 듣고 나니 더 심란해져서 뭐라고 말해야 좋을지 알 수가 없었다. 그래서 대신 다른 것을 물었다.

"그럼 아까 걔는?"

"걔라니?"

"그 키 크고 까만 애."

"아, 악어? 걔도 넘버즈야. 이름은 오공이고, 악어는 별명. 넘버즈는 보통 별명으로 통해. 다들 자기 이름을 싫어하거든."

"싫어한다고?"

"생각해 봐. 사칠이니 공팔이니, 촌스럽잖아?"

이오가 어깨를 으쓱했다.

"아까 놀랐지? 악어가 워낙에 헤이즈 애들을 싫어해서. 부모한테 어리광 부리던 애들은 약해 빠졌다고 생각하거든."

25

이오의 말을 들은 새벽이 고개를 숙였다. 조금 전 느꼈던 무시무시한 적의가 새삼스레 떠올라서 손발이 떨렸다. 그런 새벽을 힐끗 본 이오가 이어 말했다.

"뭐, 피장파장이지. 헤이즈도 넘버즈 싫어하니까. 식당 줄도 절대 같이 안 서고, 끼리끼리 몰려다니면서 시비나 걸고. 정말 유치하게들 논다니까. 다르다는 이유로 무조건 미워하다니, 그런 건 무능한 놈들이나 하는 짓이라구."

새벽이 놀란 눈으로 이오를 바라보았다. 이오가 새벽의 시선을 맞받으면서 미소 지었다.

"야, 밥이나 먹자."

식당으로 돌아가니 아직도 배식을 기다리는 줄이 길게 늘어서 있었다. 어느 쪽이 넘버즈 줄이고 헤이즈 줄인지 알 수가 없어서 망설이는데, 이오가 새벽의 팔을 잡아끌었다.

"이쪽이야, 이쪽."

이오는 그렇게 말하면서 길게 늘어선 줄의 맨 앞으로 걸어갔다. 당황한 새벽이 멈춰 섰다.

"야, 어딜 가는 거야? 그쪽은……."

"괜찮아, 나랑 가면."

그렇게 말한 이오는 태연하게 배식구 앞에 섰다. 순번을 기다리던 아이들은 힐끗 쳐다보았을 뿐, 어떤 표정 변화도 항의도 없었다. 대 놓고 당당하게 하는 새치기인지라 주저되긴 했지만, 결국 새벽도 이오의 뒤를 따랐다.

배식구 앞에 서자 띠링거리는 효과음과 함께 빵이 담긴 식판이 나왔다. 식판을 들고 이오를 따라 앉은 새벽은, 그제야 이오와 자신의 식사 메뉴가 전혀 다른 것을 깨닫고 눈이 휘둥그레졌다. 빵 한 조각밖에 없는 자신의 썰렁한 식판과 달리, 반찬과 밥이 올려진 이오의 식판에는 닭고기에 디저트까지 있었던 것이다.

"뭐야, 이거? 왜 이렇게 다른 건데?"

"응? 그거야 등급이 다르니까."

이오가 그렇게 대꾸하면서 수저에 묻어 있는 기름때를 닦았다. 설거지 당번이 누구냐며 투덜거리는 이오에게 새벽이 다시 물었다.

"등급이라니?"

"성적 등급."

이오가 자신의 발찌를 가리켰다. 검은 바탕색의 발찌 중앙에 붉은 색깔의 길쭉한 액정이 붙어 있다. 액정 속에는 숫자 여섯 개가 표시되어 있었다. 이오가 차분하게 설명했다.

"학교에서는 매달 한 번씩 시험을 치는데, 그 결과에 따라서 학생의 등급을 아홉 단계로 나눠. 1등급은 발찌 액정이 붉은색이야."

새벽이 자기 발목을 조이고 있는 발찌를 내려다보았다. 고양이 눈처럼 샛노란 색깔이 식탁 밑의 그늘 속에서 번쩍거렸다.

"노란색은 9등급. 아직 시험 기록이 없어서 그래. 생점도 없고."

"생점?"

"생활점수. 액정 속에 표시된 여섯 자리 숫자 있지? 그거야. 수업 혹은 조회에 지각하거나, 욕하면 생점이 깎여. 지나치게 깎이면 징계를 먹거나 벌을 받아."

새벽이 손에 든 빵을 내려놓았다.

"욕하면 깎인다고?"

"응. 욕설이 들리면 발찌가 저절로 점수를 깎아. 그래서 애들이 필터링을 피하려고 비슷한 단어로 돌려서 욕해."

새벽은 벌어진 입을 다물지 못했다. 듣기만 해도 숨이 턱턱 막힌다. 식욕이 팍 식은 얼굴로 빵을 씹는 새벽을 본 이오가 말했다.

"음식 남겨도 생점 깎여. 퇴식구에서 식판 무게를 재거든."

새벽이 신음을 흘렸다.

식사를 마친 뒤, 새벽은 이오를 따라 계단을 올라갔다. 1층 현관으로 나가자 정면, 왼쪽, 오른쪽으로 건물이 하나씩 서 있었다. 중앙에는 건물에 둘러싸여 포위된 네모난 광장이 있다. 건물들 사이로 아까 통과했던 정문과 투명한 장벽이 보였다. 저물어가는 태양이 이오의 옆얼굴을 노랗게 물들였다.

"여긴 본관이고, 중앙 광장은 연생장이야. 아침 6시에 전부 모여서 조회랑 체조를 해. 맞은편은 관리동인데, 교사들은 저기 있어. 왼쪽은 구관, 오른쪽은 신관. 9등급은 구관에서 자."

"방도 등급별로 분리되어 있는 거야?"

"어. 1등급부터 3등급은 신관이고, 나머지는 구관이야. 등급이 낮아질수록 방에 사람이 많아져. 구관에선 아침마다 화장실 전쟁이라던데."

새벽이 당혹감과 분노가 뒤섞인 눈으로 구관을 바라보았다. 어처구니가 없다, 사람한테 발찌를 채워 놓고 등급을 매기다니. 게임 속 몬스터도 아니고.

심란한 얼굴의 새벽을 바라보던 이오가 발끝으로 땅을 톡 차더니 물었다.

"하나 물어도 돼?"

"응?"

"어쩌다 여기 왔어?"

담담한 목소리였다. 하지만 그 질문을 받은 새벽은 머리가 멍해지는 것을 느꼈다.

어쩌다가 여기 오게 됐을까?

지금도 믿을 수가 없다. 불멸의료 대상자인, 영원에 가까운 생명을 약속받은 아버지와 어머니가 교통사고 한 번에 세상을 등졌다. 넋을 잃고 있는 사이 집안 사업은 다른 사람 손으로 넘어 갔고 새벽은 무일푼 천애 고아가 되었다. 예전엔 친절했던 친척 이나 지인들은 모두 자신을 모른 척했다. 성인이 되기까지 고작 일 년 반 남았건만, 비싼 자식세를 부담하며 키워 줄 의리는 그 들에게 없었다. 오갈 데를 잃은 새벽의 손에 쥐어진 것은 학교 배치표였다.

새벽은 눈을 깜박거리면서 붉게 타 들어가는 하늘을 바라보 았다. 눈시울이 뜨겁다. 조여드는 숨통이 소리 없이 비명을 지른 다. 새벽이 중얼거렸다.

"우리 엄마는 어린 왕자를 좋아했어."

이오가 무표정한 얼굴로 새벽의 말에 귀를 기울였다.

"그 별에선 아무 때나 원할 때 노을을 볼 수 있다나? 나랑 아 빠는 이팔청춘 소녀냐고 놀렸는데……."

"……."

"그러지 말걸 그랬어."

이오는 서쪽 하늘에 시선을 고정한 채 말이 없었다. 이오를 바라본 새벽은 문득 이야기 상대가 누구인지 뒤늦게 깨닫고 고 개를 떨구었다. 울컥하는 바람에 잠시 잊고 있었다.

"미안!"

"뭐가?"

"이런 얘길 꺼내서…… 미안."

태어나자마자 버려진 이오의 입장에서 보면 부모님이 돌아가셨다고 눈물 흘리고 추억을 이야기하는 것조차 사치일지 모른다. 너무 무신경했다. 그렇잖아도 출신 때문에 전교생한테 미움 사는 입장인데, 자신에게 호의를 보인 사람에게 이런 눈치 없는 소릴 하다니. 새벽은 자신의 어리석음을 자책하며 이오의 대답을 기다렸다.

이오가 새벽의 눈을 들여다보며 부드럽게 웃었다.

"왜 그런 걸로 사과를 해? 넘버즈가 모두 등록아동을 질투하는 건 아냐. 말했지? 다르다는 이유로 편을 가르는 건 유치하다고."

시원스럽게 대꾸한 이오가 몸을 돌려서 현관 안쪽 계단을 올라갔다.

"괜찮아. 난 내 힘으로 우리 부모님을 찾아낼 거니까."

"뭐? 어떻게?"

"성인권만 얻으면 다 방법이 있어."

놀란 새벽이 이오의 뒤를 쫓아 계단을 올랐다.

"성인권을…… 얻는다고? 어떻게? 납세를 마친 등록아동이 아니면 성인권 못 받잖아."

성실하게 납세한 정식 등록아동은 스무 살 생일에 성인권을 받을 수 있다. 하지만 자식세를 내지 않은 비(非)성년자들은 상황이 다르다. 스무 살이 되면 학교를 졸업해서 밖으로 나갈 수

31

있지만, 태생부터 불법인 그들에게는 성인권이 주어지지 않는다.

이제까지 없었던 소소한 자유가 생기긴 한다. 술이나 담배를 즐길 수도 있고, 주거지를 선택해 이동할 수도 있다. 단순노동에 종사하여 돈을 벌 수도 있다. 하지만 선거권은 없다. 대학에 가는 등 고등교육을 받는 것도 금지고 집이나 보증 등 각종 계약의 주체가 될 수도 없다. 신체의 노화를 멈추는 불멸의료 서비스를 받거나 자식을 가질 권리도 당연히 없다.

이오가 대답했다.

"성능이 있잖아."

"성능이라니?"

"'성인능력시험' 말야. 19세 가을이면 이 시험을 치게 돼. 전국 비성년자들이 모두 응시하지. 성능과 내신, 생점을 종합해서 전국 석차를 매기는데, 이 순위에서 최상위권에 들면 성인권을 딸 수 있어. 그 '최상위'의 기준은 매년 왔다 갔다 하지만."

생각지도 못했던 정보에 놀란 새벽이 이오를 다그쳤다.

"진짜? 비성년자한테 그런 제도가 있어?"

"그래."

"하지만, 전국 최상위권이라니 그건 너무……."

열에 들뜬 목소리로 이오를 채근하던 새벽은, 어느새 자신이 꼭대기 층의 계단에 서 있다는 것을 깨닫고 멈춰 섰다. 옥상으로 가는 현관은 두터운 하얀 문으로 막혀 있었다. 이오가 앞으로 걸어가자 문이 스르륵 열렸다. 그가 돌아보며 손짓했다.

"이리 와."

새벽이 주춤거리며 따라 들어가자 자동문이 뒤에서 닫혔다.

텅 빈 옥상은 넓었다. 2월 말치곤 포근한 공기가 낮에 데워진 온기를 품은 채 허공을 떠돈다. 사방을 둘러싼 허리 높이의 펜스가 고즈넉하게 오렌지색에 젖어 있었다. 그물처럼 엮인 그림자가 하얀 옥상 위로 길게 늘어졌다. 머리 위에서 불타오르는 노을은 하늘 반대편에서 달려오는 어둠을 맞이하고 있었다.

"어때, 아래서 보는 것보다 더 멋있지?"

옥상 끝에 선 이오가 펜스에 등을 기대며 돌아보았다. 그러고는 약간 떨어진 곳에서 머뭇거리고 있는 새벽을 보고 의아한 표정을 지었다.

"왜 그래?"

새벽은 딱딱한 표정을 짓더니 이오가 있는 곳으로 한 발 한 발 천천히 걸어왔다. 그 모습을 멀뚱하게 지켜보던 이오가 입을 열었다.

"혹시 높은 데가 무섭냐?"

"아냐, 완전 괜찮아."

그렇게 대답하는 새벽의 얼굴은 전혀 괜찮아 보이지 않았다. 이오가 킥 웃었다.

"안 떨어져. 펜스 쳐져 있잖아."

"나도 알거든?"

자신 있다는 듯이 대꾸하며 이오가 있는 곳까지 다가온 새벽이 두 손으로 펜스를 꽉 움켜쥐었다. 묵묵히 옆에 서 있던 이오가 불시에 새벽의 어깨를 펜스 밖으로 밀어붙이면서 큰 소리를 냈다.

"왁!"

"헉!"

혼비백산한 새벽이 허리를 굽히면서 펜스에 매달렸다. 그 모습을 본 이오가 배를 잡고서 웃어 젖혔다. 새벽이 원망스러운 눈으로 이오를 쏘아보았다.

"뭐하는 거야."

"아, 미안. 고작 6층인데 그렇게까지 놀랄 줄 몰랐어."

이오가 장난꾸러기처럼 빙글빙글 웃으면서 새벽의 어깨를 쳤다.

가장자리에 서자 학교의 경관이 한눈에 내려다보였다. 구관 너머 보이는 지면 위로 보랏빛 땅거미가 스멀스멀 번지고 있었다. 이오가 손가락 끝으로 펜스를 쓸어내렸다.

"여긴 조용해서 좋아. 옥상은 1등급만 들어올 수 있거든."

"그래?"

"응."

그제야 새벽은 새삼스럽게 눈앞에 있는 이 소년이 1등급에 속해 있다는 사실을 인식했다. 악어 패거리 앞에서도 당당하고, 식사 메뉴도 고급스럽고, 금지구역에도 멋대로 드나드는 데다 자신을 적대시하지 않는 이오.

확신에 가까운 추측이 새벽의 뇌리를 스쳤다.

"너, 드는구나."

"뭘?"

"전국 최상위권에. 그렇지?"

새벽의 말을 들은 이오가 하하 웃었다.

"글쎄? 어떻게 될지는 성능을 쳐 봐야 알지. 여기선 일등이지만."

역시 그런 거였다.

이오에겐 자신감이 있었던 것이다. 언젠가 이 바닥에서 벗어나 더 높은 세계로 갈 수 있다는, 그러니 그 세계에 속한 인간을 시기하고 질투할 필요가 없다는 확신이.

그는 '우수한 인간'이니까.

이오가 미간을 가늘게 찌푸리면서 석양을 응시했다. 동그랗고 붉은 점으로 압축된 태양이 하늘의 눈동자처럼 반짝였다.

"성인권을 얻으면 대학에 가려고 해. 그리고 부모님을 찾을 거야. 날 지우지 않고 낳아 줬기 때문에 이렇게 성공할 수 있었다고, 고맙다고 말할 생각이야."

그늘 속에서 반짝이는 그의 속눈썹을 바라보던 새벽이 눈부신 듯 손으로 이마를 가렸다. 이오가 개구지게 웃으면서 새벽과 시선을 마주쳤다.

"넌 어떡할래?"

이오가 물었다. 그 시선을 응시하던 새벽이 희미하지만 부드럽게 따라 웃었다.

학교에 온 이후 처음으로 보이는 미소였다.

저녁 식사가 끝난 후에는 자습 시간이 이어졌다. 밤 10시가 되어서야 각자 숙소로 돌아가도 좋다는 허가가 떨어졌다. 하루 종일 아무것도 못하고 의자에 앉아서 스크린만 쳐다봤더니 머리가 깨질 것 같았다. 새벽은 녹초가 된 몸을 이끌고서 구관으로 향했다.

공동으로 사용하는 세면장은 소란스러웠고, 물은 몸서리가 쳐질 만큼 차가웠다. 기다란 복도의 양옆으로 늘어선 방문들은 쉴 새 없이 열렸다 닫혔다. 새벽은 지급받은 시트와 옷을 들고서 자신의 기숙사 방을 찾아 걸었다.

9등급들이 사용하는 방은 구관 지하에 있었다. 복도 쪽으로 뚫린 창문은 손을 뻗어야 닿는 머리 위에 있었다. 저게 과연 환기 기능을 할런지 의심스럽다. 복도에 달린 전등은 하나 건너 깜빡거리거나 꺼져 있었다. 어디선가 퀴퀴한 곰팡내가 났다.

계단에서 가장 먼 복도 구석으로 가니 배정받은 B102호가 보였다. 방문은 열려 있었다. 삼 단 침대들이 벽에 찰싹 붙어 있었는데, 높지도 않은 천장 아래에 삼 단을 넣다 보니 공간이 부족해서 몸만 겨우 눕힐 듯했다.

새벽이 방 안으로 들어가려는데, 입구 옆 침대에 누워 있던 소년이 펄쩍 뛰어내리면서 앞을 가로막았다. 그가 턱을 내밀면서 딱딱거렸다.

"넌 뭐야? 왜 멋대로 우리 방에 들어와?"

"오늘부터 이 방이야."

새벽이 차분하게 대답했지만 그는 콧방귀를 뀌었다. 안쪽에서 키득키득 웃는 소리가 들려왔다. 누군가가 소리쳤다.

"웃기시네. 어딜 신입이 뱃속 좋게 누우려고 하냐? 들어오고 싶으면 성의가 있어야지."

"뭐?"

새벽이 되묻자 문 앞을 가로막은 소년이 조롱하듯이 말했다.

"여자 흉내 좀 내 봐라."

안쪽에서 누군가가 휘파람을 불었다. 새벽이 반문했다.

"여자?"

"그래, 여자."

그가 천박한 몸짓으로 하반신을 흔들어 보였다.

"그동안 밖에서 여자 많이 봤을 거 아냐? 리얼하게 안 하면 죽는다. 우리 방 걸 전원 세우면 들어오게 해 주지."

그제야 말뜻을 이해한 새벽의 얼굴이 화끈 달아올랐다.

폭력적인 신고식은 각오했다. 하지만 이런 요구는 미처 상상하지 못했다. 생각하기도 전에 입이 먼저 움직였다.

"싫어."

"뭐야?"

소년의 눈꼬리가 치켜 올라갔다. 이상하게 달떠 있던 분위기가 삽시간에 싸늘해졌다.

"야, 신입. 네가 첫날이라 잘 모르는 모양인데……."

"됐어."

등 뒤에서 누군가의 목소리가 들려왔다. 돌아보니 낯선 소년이 짜증스레 미간 사이에 주름을 잡고 서 있었다. 새벽을 을러대던 소년이 믿을 수 없다는 표정으로 그에게 되물었다.

"뭐?"

"들여보내."

"미쳤어? 이걸 이대로 들여보내라고?"

"불만 있음 이오한테 따져."

이오의 이름이 나오자 기세가 등등하던 소년이 움찔했다. 그러더니 뭐라고 구시렁거리면서 마지못해 비켜섰다.

겨우 방 안으로 들어선 새벽은 빈자리에 시트를 깔고서 누웠다. 십오인실 천장에 달려 있는 전등에서 쏟아지는 창백한 빛이

눈동자를 찔렀다. 새벽은 눈을 감았다. 그리고 자신을 세상으로
부터 차단하려 애썼다.

3
소각장

우렁찬 음악 소리가 울려 퍼졌다. 오케스트라로 연주된 '애국
가'다. 꿈조차 없는 심연 속으로 끌려 내려갔던 새벽의 의식이
찬물을 맞은 것처럼 번쩍 깨어났다.

룸메이트들도 비척비척 몸을 일으키고 있었다. 방 한구석에
달린 스피커에서 벽력같은 고함이 터져 나와 음악에 추임새를
넣었다.

"느려 터진 새끼들아, 빨리빨리 안 움직이냐! 가장 늦게 나오
는 방은 전원 오리걸음이다!"

새벽은 작은 복도창을 쳐다보았다. 복도등 불빛이 흐릿하다.
지하에 있는 방이라 낮과 밤을 분간할 수가 없다. 다른 아이들은
잠이 덜 깬 눈으로 익숙하게 옷을 갈아입었다. 한 명이 새벽의

어깨를 툭 쳤다.

"빨리 해. 너 늦으면 우리 방 전원 기합이야."

침대에서 일어나자마자 추운 바깥으로 끌려 나가는 것은 그 자체로 고문이었다. 뼛속까지 냉기가 스며든다. 네 개의 건물로 둘러싸인 광장으로 나가니 수많은 학생들이 개미 떼처럼 꿈틀 거리고 있었다. 구관에서도 신관에서도 주황색 운동복으로 갈아입은 아이들이 계속 쏟아져 나왔다. 어림잡아 천 명은 되는 듯 했다.

학생들이 몰려 있는 광장 앞에 띄워진 거대한 가상 화면에서 태극기가 펄럭이는 영상이 흘러나오고 있었다. 그 와중에도 스피커에서 쏟아져 나오는 질타는 멈추지 않았다.

"이 굼벵이들, 매일 아침 이렇게 악쓰며 깨워야겠어? 9등급 놈들, 후딱후딱 안 튀어나오지? 아침부터 발 함 맞춰 볼까?"

아이들이 겨우 전교 석차 순으로 줄을 서자, 가상 화면에 '국기에 대한 맹세'가 떠올랐다. 모든 학생들이 그를 제창했다. 제창이 끝나자 화면에 낯선 중년 사내가 비쳤다. 신체 연령은 사십 대로 보이지만, 실제로 몇 살인지는 가늠할 수가 없다. 호감 가는 인상의 미남이었으나, 새벽은 곧바로 그의 얼굴이 '자연산'이 아님을 알 수 있었다. 하긴 저 연령대치고 얼굴에 손 안 댄 사람을 찾기가 더 어렵다.

사내가 입을 열었다.

"에~, 지금 대한민국은 매우 어려운 시기를 맞고 있습니다. 급격한 인구 증가로 인한 환경오염과 자원 낭비가 우리나라의 아름다운 자연을 좀먹고 있습니다. 약간의 낭비가 모두를 파멸시킬지도 모르는 상황입니다."

그가 잠시 헛기침을 했다.

"원칙대로라면 여러분의 존재를 용납해서는 안 됩니다. 생명이 이 세상에 태어나려면 마땅히 정당한 대가를 치러야 합니다. 그런데 여러분은 대가도 치르지 않고 허락도 받지 않은 채 태어났습니다. 이것은 법치국가에서 인정해선 안 되는 범법입니다."

중년 사내의 목소리가 조금 격앙되었다.

"그럼에도 불구하고, 이 나라는 여러분에게 관용을 베풀었습니다. 범법자인 여러분을 소중히 먹이고 입히고 키우며 고등교육을 제공했습니다. 아무쪼록 여러분이 국가의 은혜를 잊지 않고, 훌륭한 인재로 성장하여 보답하기를 교육자로서 바라마지 않는 바입니다."

이야기는 길게 늘어졌지만, 줄 맞춰 늘어선 아이들 중 훈화를 듣는 사람은 없는 듯했다. 다들 너무 추워서 다른 데에 신경 쓸 여력이 없는지 그저 덜덜 떨고만 있었다. 제자리 뛰기라도 하고 싶지만 그랬다간 불호령이 떨어질 터다. 찬 공기를 만난 입김이 하얀색으로 변해 허공으로 흩어졌다.

맨 앞에 선 학생이 외쳤다.

"차렷! 경례!"

"감사합니다!"

아침 조회를 마친 학생들은 구령에 맞춰서 체조를 시작했다.

5시 반에 기상, 6시부터 조회와 체조, 7시에 아침 식사. 8시 반부터 자습 시간이고 9시부터 정식 수업이 시작된다. 자기 자리에 떠오르는 가상 화면 속에서 펼쳐지는 강의를 들으며 내용을 외운다. 한 시간 간격으로 쉬는 시간이 주어지지만, 기본적으로는 점심시간이 될 때까지 계속 자리에 앉아 있어야 한다.

겨우 하루의 일과를 이해하게 된 새벽은 혼란에 빠졌다.

'이게 교육과정이라고? 말도 안 돼, 징벌이겠지. 그야 법을 어겼으니까 벌은 받아야겠지만…… 엄밀히 말해서 법을 어긴 건 낳은 부모들이잖아? 아이들에게 이런 벌을 주는 건 너무한 거 아니야?'

다들 어떻게 이런 환경을 견디는지 새벽으로서는 이해할 수가 없었다. 초인적인 집중력을 발휘해서 강의를 듣고 있는 학생들도 있었으나 반수 이상은 정신을 놓고 있었다.

때르르릉! 점심시간을 알리는 종이 비상벨처럼 날카롭게 울렸다. 새벽은 지끈거리는 머리를 꾹 누르며 자리에서 일어섰다. 앞으로 이런 생활을 감내해야 한다고 생각하니 배가 고프기는

커녕 속이 울렁거렸다. 게다가 헤이니 넘버니 구분해서 배식 줄에 서는 것도 부담스러웠다.

'차라리 느지막하게 식당으로 가자.'

그렇게 생각한 새벽은 식당으로 내려가는 학생들의 흐름에서 벗어나 본관 뒤로 걸음을 옮겼다. 수업이 이뤄지는 본관과 학교를 둘러친 투명한 벽 사이에는 소각장이 있었다. 점심시간이니까 지금 가면 아무도 없을 것이다.

하지만 오산이었다. 모퉁이를 돌아 소각장으로 접어들던 새벽은 인기척을 느끼고 그 자리에 멈춰 섰다. 건너편에 누군가가 있었다. 교복을 입고 있는 소년의 뒷모습이 눈에 들어왔다. 까치발로 발돋움을 하고 있는 키 작은 소년. 그 앞에 또 다른 학생이서 있는 게 보였다. 그의 팔이 상대의 어깨를 붙들고 있었다.

새벽은 무심코 뒤로 물러섰다. 의심할 여지가 없었다. 두 사람은 키스를 하고 있었다. 놀란 새벽이 모퉁이 뒤로 몸을 숨겼다.

"하아······."

소각장 쪽에서 긴 숨을 토해 내는 소리가 선명하게 들렸다. 뒤이어 발소리가 났다. 그 소리가 자신과 반대 방향으로 멀어지는 것을 깨닫고 새벽이 안도한 순간, 나머지 한 사람의 발소리가 이쪽으로 다가왔다.

서둘러 모퉁이에서 벗어나려 했지만, 이미 늦은 뒤였다. 막 벽 뒤로 돌아온 소년이 눈을 커다랗게 뜨고서 새벽을 바라보고 있

44

었다. 까치발을 하고 있던 키 작은 소년이었다. 별 특징 없이 평범하게 생긴 얼굴이었지만, 희한하게도 양쪽 눈동자의 색이 달랐다. 오른쪽 눈동자는 여느 아이들처럼 새까맸지만, 왼쪽 눈동자가 하얀색이었다.

소년과 새벽의 눈이 마주쳤다. 소년의 입술이 파르르 떨렸다. 순식간에 새파래진 그의 얼굴을 본 새벽이 당황해서 말했다.

"왜, 왜 그래? 일부러 훔쳐본 거 아니야!"

"……."

"혹시 비밀로 사귀는 거야? 그런 거면 아무한테도 말 안 할 테니까 걱정 마. 남의 연애사에 관심 없어."

그 말을 들은 소년은 깜짝 놀라더니 새벽을 빤히 쳐다보았다.

"……진심이야?"

새벽이 고개를 끄덕였다. 소년이 다시 물었다.

"이상하지 않아? 남자끼린데."

"뭐? 요즘 세상에 무슨 촌스러운 소리야."

새벽이 대꾸하자 소년의 눈이 동그래졌다. 그러더니 내뱉듯이 중얼거렸다.

"이상한 애구나, 너."

말은 그랬지만, 경계심이 풀렸는지 어깨가 늘어져 있었다.

새벽이 물었다.

"난 새벽이야. 넌?"

"창우야. 한창우."

"창우?"

그럼 이 아이는 헤이겠구나.

"너, 눈 색깔 특이하다. 오드아이 성형이야 흔하지만 하얀색은 처음 봤어."

새벽이 말하자 창우가 자신의 왼쪽 눈가를 만지작거렸다.

"이건 성형 아냐."

"어? 그럼 원래부터 그랬어?"

새벽이 묻자 창우가 도리질을 쳤다. 그러더니 속삭이듯이 말했다.

"어릴 때 눈병에 걸려서. 이쪽 눈은 안 보여."

"안 보인다고?"

새벽이 놀라 되물었다.

"병원에 안 갔어?"

발치에 시선을 고정하고 있던 창우가 어처구니없다는 듯이 새벽을 올려다보았다.

"병원? 그런 데를 어떻게 가?"

"뭐?"

"헤이즈잖아. 등록자가 아닌데, 어떻게 병원에 가냐고."

새벽은 자신의 머리를 쥐어박고 싶어졌다. 그렇다. 정부 몰래 숨어 살아야 하는 헤이하이즈들이 의료 혜택을 받을 수 있을 리가 없다. 미처 거기까지 생각하지 못했다.

"……미안. 몰랐어."

풀죽은 목소리로 사과하자, 창우의 오른쪽 눈동자가 새벽의
얼굴을 빤히 쳐다보았다.

"너도 헤이 아니야? 이름이 새벽이랬지?"

"아, 나는, 저기……."

새벽이 우물거리는 사이, 창우가 그제야 눈치챈 얼굴로 말했다.

"너구나. 등록아동인데 들어왔다는 애가."

새벽이 목덜미를 만지작거렸다. 잠시 침묵하던 창우가 불쑥
입을 열었다.

"안됐다, 넌 행복하게 살 수 있었는데."

새벽은 무심코 상대의 얼굴을 훑었다. 하지만 창우에게 빈정
거리는 기색은 없었다. 새벽이 깊은 숨을 토해 내면서 벽에 어깨
를 기댔다.

"그러는 너는? ……언제 잡혔어?"

"열 살 때."

"어쩌다가 들킨 거야?"

"몰라. 경찰이 갑자기 들이닥쳤어. 누가 신고했나 봐."

창우가 미간을 찌푸리며 머리를 흔들었다. 새벽이 위로했다.

"조금만 참아. 이제 곧 스무 살이 되잖아. 그러면 여기서 나갈
수 있어. 부모님도 찾을 수 있을 거야."

새벽의 눈길이 창우의 발찌로 향했다. 파란색이었다. 파란색이면 5등급이다.

창우가 신음했다.

"하지만, 스무 살이 되면 잘리잖아."

"잘려? 뭐를?"

창우가 고개를 홱 쳐들었다. 눈에 공포가 깃들어 있었다.

"설마 너, 모르냐?"

새벽이 어리둥절한 표정을 지었다. 창우가 입술을 꽉 깨물더니 억눌린 목소리로 빠르게 속삭였다.

"졸업 때 성인권이 없으면 수술 당한다구."

"수술?"

"중성화 수술."

그 말뜻을 바로 이해할 수 없었다. 뒤늦게 깨달은 새벽이 비스듬히 기대고 있던 몸을 벌떡 일으켰다. 폭포수 아래에 선 것 같은 전율이 머리부터 발끝까지 온몸을 좌악 훑었다.

"뭐? 우리를? 전부 다?"

"……."

"말도…… 안 돼! 세상에 그런 게 어디 있어!"

"말도 안 되긴."

창우가 덤덤하게 말했다.

"생각해 봐. 우린 산아제한법을 어기고 태어났잖아. 그런데 번식할 권리를 주겠어?"

"번식이라니……."

"중학교 때 교장이 그랬어. 세상엔 두 종류의 인간이 있다고. 인간의 종(種)을 남기기 위해 번식하는 인간과, 일하는 인간. 여왕개미와 일개미 같은 거야. 진화를 생각하면 그게 효율적이래. 우수한 유전자만 전해지니까."

새벽은 그만 할 말을 잃었다. 하지만 창우의 이야기는 끝나지 않았다.

"그런데 우리는, 일개미들이 본능을 억제 못해서 낳은 거니까 새끼가 아니라 배설물이라고……."

"그만해! 듣기 싫어."

새벽이 버럭 소리를 질렀다. 쿵, 쿵, 심장이 물 밖으로 끌려 나온 물고기처럼 펄떡펄떡 뛰었다. 오른손으로 왼쪽 가슴을 꽉 움켜잡았다.

생각해 본 적도 없었다. 상상조차 못했다. 같은 하늘 아래에 이런 세상이 있다고는. 부모님은 온화했고, 친구들은 착했고, 멘토들은 상냥했다. 항상 그래 왔는데.

여긴 다 미쳤어, 미쳤다고. 왜 이런 곳에 와 있는 거지. 여긴 내가 있을 곳이 아니야.

흔들리던 새벽의 시선이 창우에게서 멎었다. 초점 없는 하얀 눈동자와 무감정한 까만 눈동자가 상대를 담담하게 바라보고 있었다. 파랗게 질린 새벽이 말했다.

"너 어떻게…… 그렇게 태연할 수가 있어?"

창우가 고개를 갸웃했다. 한층 더 안달이 난 새벽이 목소리를 높였다.

"다들 미친 거 아냐? 1등급이 못 되면, 성인이 못 되면 평생 병신이 된다고. 그런데 어떻게……."

삐빅! 새벽의 발찌에서 경고음이 짧게 울려 퍼졌다. 당황한 새벽이 발목을 내려다보자, 창우가 무덤덤한 말투로 말했다.

"너 욕설로 생점 깎였어."

"뭐?"

"네 말이 맞아. 우린 다 미쳤거든."

창우가 웃었다. 시체처럼 창백한 얼굴에 걸린 미소가 오싹하다.

"보면 모르겠니?"

4

일인실

일요일, 학교에 들어온 후 처음 맞는 휴일이다. 침대에 누워 천장을 바라보던 새벽의 귀에 낯선 효과음이 들렸다. 발찌에서 나는 소리였다. 아래를 내려다보니 손바닥만 한 가상 화면이 나타났다. 화면 속에 메시지가 떠올랐다.

「10시까지 신관 613호로 올 것.」

"뭐야, 이게?"

새벽이 무심코 중얼거리자 옆 침대에 누워 있던 룸메이트가 이쪽을 쳐다보았다. 그러더니 혀를 쯧 찼다.

"선도부 호출이네."

"선도부? 그게 뭔데?"

룸메이트가 손을 휘휘 내저었다.

"있어, 우릴 벌레 취급하는 재수 없는 애들."

"학생이야?"

"당연하지."

"뭐하는 애들인데?"

룸메이트가 몸을 뒤틀면서 끙 하는 소리를 냈다.

"이거저거 다 해. 소지품 검사, 청소 감독, 아침 조회 관리, 지
각생 체크……."

"그거 하고 싶으면 아무나 할 수 있는 거야?"

"그럴 리가 있냐. 2등급까지만 지원이 가능하고, 면접도 있어.
내신 가산점도 붙고. 그래서 성적 낮으면 못해."

"선도부가 왜 날 찾는데?"

"방 청소라도 시키려나 보지."

새벽이 삼 층 침대 위에 누워 있는 룸메이트를 올려다보았다.

"방 청소? 개네 방 말이야? 그걸 왜 날 시켜?"

"청소 구역 정하는 건 개네 권한이니까."

"하지만 자기 방 청소를 시키는 건 권력 남용……."

"아, 몰라. 선도부 가서 따져."

새벽은 메시지에 적힌 대로 신관으로 향했다. 교실이 있는 본
관과 숙소가 있는 구관 외에는 갈 용건이 없었기에, 신관에 들어
가는 것은 이번이 처음이었다.

1등급에서 3등급까지의 학생들이 숙소로 사용하는 신관은

구관에 비해 훨씬 밝고 깨끗했다. 복도의 창문 크기가 커서 환기에도 좋고 햇볕도 잘 들었다. 하지만 창에 쇠창살이 있다는 점은 똑같았다.

613호실 앞에서 벨을 누르자 자동문이 스르륵 열렸다. 안에서 주걱턱 소년이 고개를 내밀었다. 문 너머로 보이는 방 안에는 이 층 침대와 책상 두 개가 가지런히 놓여 있었다. 맞은편에 창살 달린 창문, 그 오른쪽으로 화장실 문이 보였다. 두 사람이 사용하는 이인실인 듯했다.

주걱턱이 콧김을 뿜으면서 투덜거렸다.

"이제 왔냐? 굼떠 가지곤."

"왜 도구는 안 들고 왔어? 청소할 줄도 모르냐?"

안쪽 책상에 앉아 있던 뚱뚱한 소년이 눈살을 찌푸리며 말했다. 새벽이 대꾸했다.

"오라고만 했지 뭘 가져오라곤 안 했잖아."

"어디서 선도부한테 반말이야? 9등급 주제에."

뚱뚱한 소년이 버럭 고함을 질렀다. 새벽은 입을 다물었다. 주눅 들어서가 아니라 어이가 없었기 때문이다. 이것들이 같은 학생인 주제에 무슨 존댓말을 쓰래?

주걱턱이 새벽을 밀쳤다.

"됐고, 청소 도구 가져와. 이따가 검사할 때 화장실에서 얼룩 나오면 죽는다."

"너네 방 화장실 말이야?"

새벽이 되묻자 뚱보가 키들거렸다.

"왜? 귀한 몸이라서 변기 닦아 본 적 없나 보지?"

"누가 9등급 아니랄까 봐, 머리 더럽게 나쁘네. 네가 아직도 밖에서 대접받고 살던 처지인 줄 아냐?"

킥킥거리면서 눈길을 마주치던 소년들이 다시 고함을 질렀다.

"뭘 멍청히 섰어? 빨리 안 움직여?"

"선도부 지시에 불복하시겠다? 벌점 폭탄 한번 먹어 볼래?"

"야, 너네 조용히 안 해? 시끄러워서 집중할 수가 없잖아."

짜증 섞인 목소리가 갑자기 세 사람 사이에 끼어들었다. 새벽과 뚱보, 주걱턱은 모두 깜짝 놀라 소리가 난 쪽을 쳐다보았다. 613호의 문간에 기대서서 미간을 찌푸린 채 손가락으로 문을 톡톡 치고 있는 소년은, 다름 아닌 이오였다.

이오가 주걱턱과 뚱보를 향해 말했다.

"황금 같은 일요일에 공부하진 못할망정, 왜 애를 볶고 그래? 그렇게 한가하면 훈화 듣고 생점이나 올리든가."

"뭐야?"

뚱보가 주먹을 불끈 쥐며 일어섰지만, 묘하게 기죽은 말투였다. 주걱턱이 말했다.

"선도부 일이야. 넌 빠져."

"그래, 넘버즈 주제……에."

54

뚱보가 이어서 소리쳤지만, 어째 말끝이 애매하게 흔들렸다. 주걱턱이 괜한 소리를 했다는 듯이 뚱보에게 눈을 부라렸다. 이오가 어깨를 으쓱했다.

"14등이랑 15등한테 무시도 당하고, 오래 살고 볼 일이야."

"누가 15등이야!"

"왜? 아니야? 그런 말 듣기 싫으면 쓸데없는 짓에 정신 팔지 말고 등수나 올리든가."

그렇게 말한 이오가 새벽을 끌어당겼다.

"알았어? 그럼 얘는 내가 데려간다."

"뭐?"

뚱보와 주걱턱이 합창하듯이 소리쳤다.

"야, 걘 여기 청소거든! 네가 데려가고 말고 할 게……."

"지금부터 내 방을 청소시킬 거라서. 불만 없지?"

"선도부도 아닌 주제에 뭐라고?"

이오가 딱하다는 듯이 그들을 바라보았다.

"너넨 그 나쁜 머리로 어떻게 공부를 하냐?"

"뭐야?"

"그동안 내가 권리 사용을 안 해서 잊어버렸나 본데, 난 전교 일등이야. 선도부의 권리는 나도 전부 쓸 수 있어. 게다가 내 호출이 선도부 호출보다 우선이거든? 교칙 좀 제대로 공부하지그래? 선도부, 라며?"

주걱턱의 얼굴이 당장 터지려는 풍선처럼 부풀어 올랐다. 이오가 유들유들하게 말했다.

"그럼 간다. 수고."

이오가 새벽을 데리고 간 곳은 같은 층의 601호실이었다. 이오의 발찌를 인식한 자동문이 스륵 열렸다.

"들어와."

새벽이 주저하면서 안으로 발을 내디뎠다. 방금 전에 본 방과 똑같은 구조다. 이 층 침대, 책상, 그리고 창문. 쏟아지는 햇살이 정갈한 방 안을 따스하게 비추고 있었다.

새벽이 물었다.

"저기……."

"어?"

"어딜 청소하면 되는데?"

잠시 명한 표정을 짓던 이오가 큭큭거리며 웃었다.

"청소는 무슨."

"청소 시킨다며."

"그건 그냥 핑계지. 난 내 공간을 남이 손대는 거 싫어해."

이오가 그렇게 말하면서 침대 시트 위에 털썩 앉았다. 새벽도 책상 앞의 의자에 앉았다. 이오가 콧등을 긁으면서 말했다.

"걔네 하는 짓 진짜 짜증나지? 그 자식들은 남을 괴롭히고 싶어서 선도부를 하는 것 같아."

"그래도 선도부 하면 가산점 있다며. 넌 안 해?"

"그런 잔재주 없어도 난 안 져."

태평한 목소리로 대꾸한 이오가 새벽을 쳐다보았다.

"다음부터 누가 그런 걸로 부르면 내가 먼저 불렀다고 하고 빠져."

새벽이 잠자코 고개를 끄덕이자, 이오가 물었다.

"시험 준비는 잘돼 가?"

"무슨 시험?"

"무슨 시험이냐니. 한 달에 한 번 시험이라고 말했잖아. 이제 고작 열흘 남았어."

새벽의 눈이 휘둥그레졌다. 이오가 혀를 찼다.

"몰랐구나?"

"주변에선 전혀 그런 얘기 없던데."

"9등급실에 있으니까 그렇지. 걔들은 시포자니까."

"시포자?"

"시험포기자. 취직 랭크를 올리려는 애들도 6등급까지고, 그 아래부턴 그냥 낙오자지."

"취직 랭크는 또 뭐야?"

"졸업할 때 성적과 등급에 따라서 일자리가 주어지거든. 등급이 높은 아이들 순서로 데려가니까, 중위권한테는 그게 마지막 희망이지. 하지만 완전 하위권은 그것도 별로 가망 없어."

새벽은 아무 대꾸 없이 발찌를 내려다보았다. 그 우울한 표정을 본 이오가 장난꾸러기처럼 새벽의 팔을 툭 쳤다.

"야, 여기로 안 올래?"

"뭐?"

"내 방에서 같이 공부하자. 구관보단 백배 나을걸?"

당황한 새벽이 이오의 얼굴을 똑바로 들여다보았다. 이오의 눈이 빙글빙글 웃고 있었다.

"무슨 소리야? 너 룸메이트는?"

"일등은 독방이야."

"방 점호는 어쩌고?"

"내가 널 호출했다고 하지 뭐. 거기는 자습 공간도 없고, 공부하기엔 최악일 거 아냐. 너, 시험 범위도 모르지?"

새벽은 믿기지 않는다는 표정으로 이오를 바라보았다.

돌이켜보면 이오는 처음부터 새벽에게 필요 이상으로 친절했다. 모두가 등록아동인 새벽을 백안시하는 가운데 유독 호의를 보이며 살갑게 대해 주었다.

알던 사이도 아니고 자란 환경이 비슷한 것도 아닌데, 어째서?

혼란에 빠진 새벽의 머릿속에 문득 어떤 장면이 떠올랐다. 소각장에서 본 창우의 뒷모습. 그때 창우는 누군가와 키스 중이었다.

생각보다 입이 먼저 움직였다.

"아, 저, 저기! 난 여자가 좋은⋯⋯데."

이오가 한 대 맞은 사람처럼 멍한 표정을 지었다. 그 얼굴을 본 새벽이 뒤늦게 자기 입을 막았다. 두 사람 사이에 영원처럼 느껴지는 정적이 흘렀다.

다음 순간, 이오가 폭소를 터뜨리며 침대 위를 굴러 댔다.

"푸하하하하! 하하하핫! 야, 야, 너 대체 무슨 상상을⋯⋯ 크허허헉!"

"아니, 그게, 저, 미안⋯⋯."

"야, 나, 숨을 못 쉬겠⋯⋯ 프후허허허헉!"

얼굴이 빨개진 새벽을 놔둔 채 호흡곤란이 일어날 정도로 웃어 댄 이오는 숨을 고르느라 히익거리면서 대답했다.

"어억, 배가 다 아프네. 대박이다, 대박. 야, 나도 남자한테 관심 없거든? 뭔 생각을 한 거야?"

"그럼 왜 나한테 신경 쓰는 건데?"

새벽이 묻자, 찔끔 솟아난 눈물을 손끝으로 닦던 이오가 잠시 뜸을 들이더니 입을 열었다.

"너, 비행기 타 본 적 있지?"

"비행기?"

"그래. 하늘 나는 비행기. 영상이나 홀로그램 말고 진짜."

망설이던 새벽이 고개를 주억거렸다. 그를 본 이오가 씁쓸한 미소를 띠며 양 다리를 꼬았다.

"어떤 기분일까? 하늘을 난다는 건."

새벽은 침묵했다. 이오가 말을 이었다.

"난 진짜 비행기를 본 적이 없어. 보육원, 초등학교, 중학교, 고등학교까지 한 발짝도 밖에 나간 적이 없지. 갓난아기 때부터 기관 안에서 자랐으니까."

"……"

"나뿐만이 아니야. 여기 애들은 다 그래. 넘버즈는 물론이고, 헤이즈도 숨어 사느라 세상의 일부밖에 못 봤어. 그래서 다들 널 질투하는 거야."

침대에서 벌떡 일어선 이오가 팔짱을 끼고서 창가에 기대섰다.

"난 성인이 될 거야. 내 실력으로 당당하게. 그리고 밖에 나갈 거야. 그 순간이 왔을 때, 이십 년 만에 세상에 나간 죄수처럼 허둥대긴 싫어. 약간의 시행착오는 어쩔 수 없겠지만, 최대한 빨리 적응해서 사회 한복판으로 들어갈 거야. 그러니까, 그때를 위해서 지금 준비할 수 있는 게 있다면 하나라도 더 배워 두고 싶어."

사람을 빨아들일 것처럼 진지한 시선이었다. 그를 바라보던 새벽이 주먹을 꾹 쥐었다.

이오가 눈부시게 느껴졌다. 절대적으로 불리한 환경 속에서도, 자신의 처지를 원망하지 않고 나아가려는 그가. 저 녀석이라면 반드시 해낼 거라는 확신이 들었다. 원하는 게 무엇이든 손에 넣을 것이다.

난 어떻지? 내가 넘버즈로 태어났다면 저럴 수 있을까? 문도 새벽, 정신 차려. 언제까지 신세 한탄만 하고 있을 거야?

새벽이 말했다.

"알았어. 신세 좀 질게."

"오, 좋았어. 그렇게 결정 났으면 바로 출입자 등록을 해야 지."

방문 앞으로 걸어간 이오가 문 안쪽에 붙어 있는 전자자물쇠 를 열고 안의 붉은 버튼을 눌렀다. 그러더니 몸을 돌려 새벽을 불렀다.

"와서 눈을 여기 대 봐."

시키는 대로 하자, 새벽의 홍채를 인식한 자물쇠에서 작은 효 과음이 울렸다. 이오가 설명했다.

"됐어. 이렇게 자물쇠에다 네 홍채를 등록해 놓으면, 앞으론 문이 자동으로 열릴 거야. 어때? 구관에는 없는 기능이지?"

그렇게 말한 이오가 농담처럼 덧붙였다.

"아, 하지만 바깥세상에는 훨씬 더 신기한 게 많으려나?"

새벽이 쓰게 웃었다.

"그렇지."

5
교실

밤이 깊었다. 책상 앞에서 시험 범위를 복습하던 새벽은 팔을 천장으로 뻗으며 한껏 기지개를 켰다. 계속 앉아 있으려니 좀이 쑤셨다. 등 뒤의 이오를 돌아보니, 그는 한 폭의 그림처럼 똑바로 앉아서 가상 화면에 떠오른 교사의 강의에 집중하고 있었다. 어떻게 계속 저러고 있을 수가 있지? 새벽은 순수하게 감탄했다.

물론 시험은 중요하다. 매달 치르는 시험에 따라 전체 석차가 변동되고 등급이 바뀐다. 등급에 따라 방도 재배치된다. 이인실을 사용하는 1등급은 석차 순대로 룸메이트가 정해지고, 3등급에서 4등급으로 떨어지면 신관에서 쫓겨나 시설이 열악한 구관으로 이동해야 한다.

문제는 그뿐만이 아니다. 밤중에 전등을 켤 수 있느냐 없느냐, 화장실을 몇 명이서 써야 하느냐 하는 불편함은 졸업 이후를 생각하면 사소한 편이다. 성인권을 얻어서 불멸자가 될지, 아니면 소모품으로 살다 죽을지 하는 미래도 모두 시험 한 번 한 번에 걸려 있다. 긴장하는 것이 당연하다. 성인권을 얻을 가능성이 높은 데다 여러 특권마저 누리는 신관 거주자들의 압박감은 더했다.

새벽의 시선을 느꼈는지 이오가 뒤를 돌아보았다. 새벽이 의자를 툭 건드렸다.

"야, 좀 쉬다가 하자. 병나겠다."

"벌써? 모레가 시험인데."

"벌써라니? 지금 몇 시인 줄 알아? 네가 대단한 거지."

"다들 이 정도는 할걸."

이오가 태연하게 대꾸하자 새벽이 고개를 절레절레 내저었다. 이오는 쿡쿡 웃더니 의자 등받이를 몸 쪽으로 붙이고 돌아앉았다.

"그럼 쉬는 김에 바깥 얘기나 해 줘."

"바깥 얘기 뭐?"

"거기선 뭘 공부했어? 여기랑 수업 방식이 달라?"

"전혀 다르지. 다르긴 한데……."

새벽이 질렸다는 표정을 지었다.

"너는 이럴 때도 공부에만 관심 있냐?"

"뭐 어때, 그냥 얘기해 줘. 아니면……."

이오가 음흉한 미소를 지으면서 말했다.

"너 좋아하는 여자 얘기 할까?"

"그거 이제 그만하랬지!"

소리를 빽 지른 새벽이 귓불을 만지작거렸다.

"어, 중학교 때는…… 월드 크루즈로 공부했어."

"월드 크루즈? 그게 뭔데?"

"일 년 동안 다 함께 크루즈를 타고서 전 세계 바다를 돌아다니는 거야. 유럽 항구에 가서 서양사를 배우고, 아프리카 항구에 가면 봉사활동을 하고, 남미에 도착하면 공정무역을 돕고……."

턱을 괸 채 이야기를 듣던 이오가 놀란 얼굴로 고개를 쳐들었다.

"그게 학교야?"

"응."

"그럼 등수를 어떻게 가려?"

"그러니까, 등수가 없다니까."

"말도 안 돼. 그럼 누가 잘하고 못했는지 알 수가 없잖아."

"그런 건 중요하지 않아. 각자 잘하는 것과 못하는 것이 다 다르잖아."

"성능도 안 치고?"

새벽이 고개를 끄덕였다. 이오가 믿을 수 없다는 듯이 말했다.

"등록아동들은 다 그런 식으로 공부하니?"

"다른 프로그램도 많아. 나는 그중에서 월드 크루즈를 선택한 거고."

"잘 이해가 안 돼. 그게 학교라니."

"난 오히려 이 학교가 이해가 안 된다."

새벽이 시선을 들어 어두운 창밖을 바라보았다. 달도 보이지 않는 하늘에 캄캄한 암흑만이 가득하다.

"이런 식으로 단어를 외우고 문법을 암기하는 건 시간 낭비라구. 그럴 거면 그냥 통역기를 쓰면 되잖아. 언어를 익힌다는 건, 전혀 다른 문화를 이해한다는 거야. 다른 나라 사람들이 수백 수천 년에 걸쳐서 만들어 낸 삶의 방식을 나누기 위한 수단이라고. 그런데 그 '다른 사람들'은 보지도 못한 채 무작정 외우라니, 이상해. 이런 건 언어 공부가 아냐."

이오가 대답 없이 손가락으로 책상을 톡톡 두드렸다. 새벽이 다시 말을 이었다.

"영어뿐이 아냐. 여기서 암기하라고 가르치는 정보들은 다 매트릭스에 있어. 나가면 그런 건 아무 소용도 없다고. 그런데 오로지 시험에서 좋은 점수를 받으려고 무조건 외우다니……."

"네 말이 맞아."

가만히 듣고 있던 이오가 차분하게 새벽의 말을 잘랐다.

"하지만 우리는 그 의미 없는 정보들을 완벽하게 소화하지

65

못하면 인생을 시작할 수조차 없어."

"......"

"우리는 우리가 세상에 쓸모 있는 인재라는 사실을 증명해야
해. 증명해 내지 못하면 세상은 아무 미련도 없이 우릴 버릴 테
니까."

이오가 씨익 웃더니 밝은 목소리로 말했다.

"세상 모든 사람에게 공평한 출발선이 주어질 순 없잖아. 내
게 주어진 조건이 불합리하다고 투덜거려 봤자 낙오자밖에 될
수 없어. 중요한 건, '지금 내가 무엇을 할 수 있는가'지. 우리의
시험은 무의미하지 않아. 당당한 성인이 되기 위해 노력하는 거
잖아. 절대 시간 낭비가 아니야."

이오의 설명을 홀린 듯 듣고 있던 새벽이 말했다.

"너 거침없이 말하는 게 꼭 데미안 같다."

"데미안? 그게 뭔데?"

"헤르만 헤세의 소설 제목이야. 거기 데미안이라고 있는
데……."

새벽의 말이 끝나기도 전에, 이오가 알았다는 듯이 손을 내저
으며 픽 웃었다.

"소설? 난 또 뭐라고. 학교에선 소설 금지야."

"소설 금지라고? 왜?"

"공부에 방해되니까."

"뭐?"

놀란 새벽이 되묻자 이오가 말했다.

"아직 도서관에 안 가 봤구나? 실용서나 자기계발서, 학습서 말고는 반입이 안 돼."

"아니, 그게 말이 돼? 그런 어이없는……."

이오가 고개를 갸우뚱했다.

"어째서? 난 합리적이라고 보는데. 인간의 뇌엔 한계가 있잖아. 공부하기도 바쁜데 지어낸 이야기에 낭비하고 있을 시간이 어디 있어. 헤이즈 애들은 자기들이 그린 만화를 가끔 돌려보기도 하던데, 그러다가 바로 낙오자 되는 거지."

"만화나 소설은 시간 낭비가 아냐. 교과 공부가 세상의 전부는 아니잖아."

새벽이 안타까운 듯이 대꾸하자 이오의 눈매가 가늘어졌다.

"하지만 시간은 한정되어 있어. 무사히 성인이 되면 밤새 만화 보든 옷 벗고 춤추든 아무도 참견 안 해. 하지만 우린 비성년자야. 한눈팔 여유가 없다고."

새벽은 더 이상 반박하지 않았다. 대신 발치로 시선을 떨구었다.

이오의 지적은 틀리지 않다. 우리에게 여유가 없는 것도 사실이다. 하지만 그렇다고 그 외의 모든 것을 배제해야만 하는 걸까? 어째서? 왜 이렇게까지 가혹한 기준을 우리에게 요구하는 거지?

머리 위에서 이오의 목소리가 들려왔다.

"너무 깊게 생각하지 마. 의심하면서 성인이 될 수 있을 만큼 세상은 만만하지 않아. 지금은 집중해. 잘못된 것은 성인이 된 다음에 고쳐도 돼. 성인이 되기 전까지 우린, 인간조차 아니니까."

새벽의 첫 시험 날이 밝았다. 전교생이 무작위로 배치된 교실 자리에 들어가 앉으면, 수험자 외에는 훔쳐볼 수 없는 특수 화면이 떠오른다. 거기에 떠오르는 오지선다형 문제들을 누구의 도움도 받지 않고 혼자서 풀어내는 것이 이들이 말하는 '시험'이었다. 답의 정확도는 물론이고 시험을 마치는 데 걸리는 시간도 모두 체크 대상이었다.

'이런 걸 뭐하러 사람한테 시키는 거지? 그냥 암기력 테스트 잖아? 혹시 다른 의도가 있는 거 아냐? ……내가 지금 제대로 시험 치고 있는 게 맞나? 시험 방식을 잘못 이해했다거나……'

새벽은 성실하게 문제를 풀면서도 떨떠름한 기분을 지울 수가 없었다.

정보를 외우거나 주어진 답을 맞히는 것은 중요하지 않다. 중요한 것은, 기계가 할 수 없고 인간만이 할 수 있는 뭔가를 해내는 것이다. 그것을 증명하는 것이 이제까지 새벽이 알고 있었던 교육과정의 '시험'이었다.

그도 그럴 것이, 지금의 등록아동들에게는 이런 방식의 테스트가 무의미했으니까.

「시험이 종료되었습니다.」

스피커에서 울리는 딱딱한 음성과 함께 화면이 일제히 꺼졌다. 교실 곳곳에서 한숨과 수군거림이 터져 나왔다. 안도감인지 후회인지 모를 공기가 미지근한 열을 띠고 허공을 맴돌았다.

자기 자리에서 일어난 새벽이 앞쪽에 앉아 있던 이오에게 다가갔다. 이오가 그를 올려다보며 미소 지었다. 조금 지친 기색이었다. 역시 하루 종일 시험 보는 것은 이오로서도 힘든 일이리라.

"시험 잘 봤어?"

"나야 항상 똑같지 뭐. 넌? 처음인데, 헤매지 않았어?"

"글쎄……. 헤맸달까, 내가 제대로 한 건지 모르겠어."

새벽은 자신감 없는 음성으로 말끝을 흐렸다. 이오가 자리를 털고 일어섰다.

"처음이니까 좀 망쳐도 괜찮아. 다음부터 잘하면 되지. 가자, 연생장에 결과 떴을 거야."

학생들의 전교 석차와 성적은 시험이 종료된 직후 순위와 함께 연생장의 대형 스크린에 떠오른다. 자기 자리에서 조회하게 할 수도 있을 텐데, 시험 당일에는 반드시 연생장에서만 확인이 가능하다. 즉, 학생들은 자신의 순위를 모든 이들이 모여 있는 앞에서 처음 목격하게 되는 것이다. 심술궂은 방식이라고 새벽은 생각했다.

새벽과 이오는 나란히 연생장으로 내려갔다. 먼저 온 아이들이 연생장에서 스크린을 올려다보고 있었다. 히스테릭한 비명이나 훌쩍거리는 소리가 곳곳에서 들렸다.

두 사람이 계단을 내려서서 다가서자, 소란스럽던 말소리들이 일제히 잦아들었다. 경악과 불안을 담고서 이쪽을 뚫어져라 쳐다보는 눈, 눈, 눈. 모든 이들의 시선이 이오, 그리고 새벽을 향하고 있었다.

가슴 한구석에서 스멀거리던 불안이 불꽃처럼 확 커졌다. 이오도 마찬가지인지, 걸음이 한층 빨라졌다. 연생장 중앙으로 나선 두 사람은 동시에 고개를 쳐들었다.

전교생의 순위를 발표하는 스크린 맨 위에 낯익은 이름과 번호가 반짝거렸다.

1등. 문도새벽 500점 / 성취도 160%

2등. 이오 490점 / 성취도 110%

새벽이 숨을 삼켰다.

연생장이 일순 고요해졌다고 느낀 것은 착각이었을까. 스크린에 못 박혔던 새벽의 시선이 이오가 서 있는 오른쪽으로 움직였다.

이오의 옆얼굴은 가면을 쓴 것처럼 딱딱하고 창백했다. 흔들림 없이 빛나던 눈길이 스크린의 맨 위에 꽂힌 채 움직이지 않았다. 약간 벌어진 입술이 달싹거렸지만, 아무 소리도 새어 나오지 않았다.

스크린에서 눈을 떼지 못하던 이오가 겨우 새벽의 존재를 깨달았다는 듯이 고개를 돌렸다. 새벽을 마주 본 그의 입가가 부드럽게 휘어졌다.

"축하해. 너, 역시 대단한 녀석이었구나."

평소와 다르지 않은 말투였다. 그러나 눈 속에 웃음기가 없었다. 새벽은 어색하게 미소지었다. 허벅지께에 늘어져 있던 오른손을 꽉 쥐자 식은땀이 배어 나왔다.

시험을 치른 날 저녁에는 자리 이동을 한다. 등급에 따라 침실이 바뀌기 때문이다. 예전 시험과 같은 등급이면 상관없지만, 등급이 올라가거나 내려간 학생들에게는 새로 배정된 방을 알리는 전자 메시지가 배부된다. 4등급이었다가 3등급으로 올라간 경우, 구관에서 신관으로 거처가 바뀌기에 지옥에서 천당으로 이사 가는 기쁨을 느낄 수 있다. 물론 3등급이었다가 구관으로 이동하게 되는 사람은 정확하게 반대되는 기분을 맛보겠지만.

그러나 새벽만큼 극적인 환경 변화를 겪게 된 학생은 없을 것이다. 구관의 십오인실에서 자던 9등급이 신관에서도 하나뿐인 일인실에 입성하게 된 것이다.

새벽이 이오의 방으로 갔을 때, 방문은 활짝 열려 있었다. 안에서 부스럭거리는 소리가 났다. 이오가 문을 등지고 앉은 채 짐을 정리하고 있었다.

"이오."

새벽이 이오를 불렀다. 이오는 돌아보지 않았다. 대신 평온한 목소리로 대답했다.

"아, 왔구나. 조금만 기다려. 금방 정리해서 나갈 테니까."

"그럴 필요 없어. 그냥 놔둬."

"무슨 소리야?"

"나갈 필요 없어. 네가 날 여기로 불러 줬잖아. 둘이서 이 방을 쓰자. 지금까지와 똑같이."

이오가 일어섰다. 여전히 등을 돌린 채라 표정이 보이지 않았다. 창문 밖을 내다보던 이오가 나지막이 말했다.

"지금까지와 똑같다고?"

새벽은 대답하지 않았다. 이오가 고개를 흔들더니 허리를 굽혀서 짐이 든 가방을 들어 올렸다. 창문에서 흘러드는 노을빛이 그의 얼굴에 음영을 드리웠다. 이오는 그대로 새벽을 지나쳐서 방문 밖으로 향했다. 그가 나가기 직전에 새벽이 입을 열었다.

"그래, 달라."

이오가 멈춰 섰다. 새벽이 돌아선 이오의 어깨를 바라보며 말을 이었다.

"난 인공자궁아야."

"무슨 소리야?"

이오의 목소리가 서늘했다.

"등록아동은 대개 인공자궁에서 태어나. 자연 임신은…… 거의 사라졌어."

인공자궁 출산이 주류가 된 데에는 크게 두 가지 이유가 있다.

첫째는 여권 신장이다. 임신하면 일정 기간 동안 행동이 불편해지고 심지어 경력에 공백을 만드는 자연 임신과 달리, 인공자궁을 이용하면 여성이 자신을 희생할 필요가 없다. 태아의 유산이나 임산부의 건강 걱정도 옛말이 되었다.

또 하나의 이유는 조기교육 열풍이었다.

"인공자궁에서 정자와 난자를 착상시키면, 부모의 유전형질에 들어 있는 우성인자들을 조합해 달라고 의뢰할 수가 있거든. 우리 세대는 전부 그걸 거친 아이들이야."

세 살 때부터 수학 학원, 한 살 때부터 영어 유치원, 배 속에 있는 태아를 위한 학습 태교……. 점점 연령이 낮아지던 조기 교육 프로그램은 인공자궁이 보편화되면서 전환기를 맞는다. 부모의 유전형질에 들어 있는 우성인자들을 조합하여 아이를 얻는 것이 가능해졌기 때문이다. 등록아동들은 부모가 원하는 맞춤형 인자를 물려받음으로써 높은 지능과 예쁜 얼굴의 소유자로 태어났다.

"인공자궁에서 태어난 아이들은 암기 시험으로 우열을 가릴 수가 없어. 대체로 만점을 받으니까. 그래서……."

"그러니까,"

이오가 여전히 문 쪽으로 몸을 돌린 채 새벽의 말을 가로챘다.

"바깥 아이들은, 다 너 같다는 거야?"

새벽은 입을 다물었다. 뭐라고 말해야 좋을지 알 수가 없었다.

이오의 어깨가 꿈틀했다. 그의 얼굴이 아주 약간 새벽 쪽으로 돌아섰다. 가느다란 옆얼굴 선 위에서 메마른 입술이 움직였다.

"뭐야, 그거."

당장이라도 꺼질 것 같은 목소리가 새어 나왔다.

"불공평하잖아."

그렇게 중얼거린 이오가 문 밖으로 나섰다. 새벽은 복도로 사라지는 이오의 낯선 뒤통수를 우두커니 바라보았다.

6

화장실

602호실의 광택 없는 회색 문은 굳게 닫혀 있었다. 새벽은 심호흡을 한번 하고서, 너무 큰 소리가 나지 않도록 주의하며 문을 똑똑 두드렸다.

방 안쪽에서 이오의 새 룸메이트가 얄쌍한 얼굴을 내밀었다. 가늘고 기다란 눈이 방문자를 날카롭게 훑어보았다. 그가 지겹다는 표정으로 툭 던지듯이 새벽에게 물었다.

"이오?"

"응. 안에 없어?"

"없어. 어디 있는지 몰라."

그 말만 남기고서 그가 몸을 돌렸다. 문도 자동으로 닫혔다. 새벽은 어깨를 늘어뜨린 채 발걸음을 돌렸다.

벌써 몇 번째일까. 이오와 얘기하려고 방으로 찾아갔지만 매번 허탕이었다. 자신을 맞이하는 것은 언제나 저 인상 나쁜 실눈 룸메이트였다.

한숨이 절로 나왔다.

'난 대체 뭘 하는 거지.'

새벽은 저도 모르게 오른손을 입으로 가져갔다. 이빨에 물어뜯긴 엄지손톱이 아릿하다.

'이오가 없으면 아무것도 못하는 거냐고.'

시험 날 이후 이오와 이야기를 나누지 못했다. 처음에는 무슨 말을 꺼내야 좋을지 몰라 난감했는데, 정신을 차리고 보니 이오와 대화할 기회 자체가 없었다. 교실에서도 복도에서도 이오는 서둘러 모습을 감추었고 붙잡을 틈을 주지 않았다.

그 사실에 동요하는 자신을 감추려고 애쓰는 것만으로도 하루하루가 힘겨웠다. 그럴수록 시험공부에만 매달렸다. 쓸모없는 시간 낭비라고 생각했건만, 지금은 그 암기력 테스트만이 자신을 잊을 수 있는 유일한 도피처였다.

아침 식사를 끝내고 교실로 들어와 보니 자리가 흠뻑 젖어 있었다. 창가도 아니고 천장에서 물이 샌 흔적도 없었다. 새벽은 대충 닦고서 의자에 앉았다. 왠지 주변이 자신을 향해 수군대고 있는 것 같은 기분이 들었다. 착각이라고 되뇌며 자신을 다잡은 새벽은 가상 화면 속의 교육 내용에 집중했다.

그러나 다음 날 아침, 교실에 들어와 자신의 자리로 다가간 새벽은 그만 멈춰 섰다.

또 의자가 젖어 있다. 이번에는 그냥 젖어 있는 것이 아니라 코를 찌르는 악취가 났다. 신경에 거슬리는 암모니아 냄새가 공기 중에 떠돌고 있었다. 뒤에서 아이들이 웅성대는 소리가 들렸다. 누군가가 큭큭거리며 웃었다.

새벽은 일단 몸을 돌려서 교실을 나섰다. 걸레를 찾아 도구실로 가는데 종이 울렸다. 종이 울린 이후에도 자리 이탈 상태면 발찌에서 자동으로 생활점수가 깎인다. 어쩔 수 없이 복도를 달리는데, 운 나쁘게도 교사와 딱 마주쳤다.

"이 자식, 종 친 지가 언젠데 아직도 복도에 있어! 일등 한번 했다고 눈에 뵈는 게 없냐?"

"그런 게 아닙니다."

"어디서 말대꾸야?"

교사가 다리를 걸어찼다. 새벽은 더 이상 변명하지 않고 얌전히 수긍했다. 상대가 설명을 요구하는 게 아니라는 사실은 이제까지의 경험으로 잘 알고 있었다. 그나마 자신이 1등급이기 때문에 이 정도라는 것도 이제는 안다. 하위 등급이었으면 한 번 걸어차이는 정도로 끝나지 않았을 것이다.

하루 종일 교실에 갇힌 채 사방에서 쏟아지는 불온한 공기를 들이마시는 것은 고문에 가까웠다. 광장에 효수된 적병의 머리가 된 기분이었다. 교실에서 자신과 눈을 마주치는 사람은 아무도 없다. 그런데, 사실은 모두의 시선이 이쪽에 집중되어 있다. 키득거리고 속닥거리면서, 먹잇감의 긴장이 흐트러질 때를 학수고대하면서. 호흡할 때마다 독가스가 목구멍을 타고 들어오는 기분이라 토할 것만 같았다.

저녁 식사 시간이 왔다. 식당의 줄은 언제나처럼 둘로 나뉘어 길게 늘어서 있었다. 배식되는 음식의 맛이나 질은 솔직히 형편 없었지만, 내내 돌부처처럼 앉아 있다 보면 세 번 돌아오는 식사 시간이 하루의 흐름을 재는 시계 같은 역할을 하게 된다. 길게만 느껴지는 하루 중 삼분의 이가 지나갔다는 안도감 때문인지, 식당은 꽤 소란스러웠다.

자신의 식판을 받아 든 새벽이 위화감을 느낀 것은 의자에 앉아서 국에 수저를 넣었을 때였다. 핏물처럼 시뻘건 육개장의 고깃점 사이에서, 뭔가 검은 것이 떠올랐던 것이다. 타원형에, 새까맣고, 반지르르한 그것 위로 기름이 질질 흐르고 있었다.

새벽은 눈을 의심했다. 국 속에 들어 있는 그것은 반쯤 짓뭉개진 바퀴벌레였다. 육개장 속의 콩나물과 고기 사이에 섞인 채털 난 다리를 들고서 움찔거리고 있었다.

드르륵!

의자가 급격하게 뒤로 밀리는 소리가 식당 안에 울려 퍼졌다.

소란스럽던 식당 안이 조용해졌다. 뒤통수로 쏟아지는 따가운 시선을 느끼면서, 새벽은 입을 꽉 다문 채 식판을 들고 출구로 다가가 음식물 쓰레기 수거함에 내용물을 한꺼번에 쏟아 버렸다.

삐릭, 쓰레기의 무게를 잰 수거함 기기가 날카로운 소리를 냈다. 새벽의 발찌에서 생활점수를 깎는 경고음이다.

식당에서 도망치듯이 빠져나온 새벽은 가까운 화장실로 뛰었다.

그럴 리가 없어.

머릿속에 눌어붙어서 사라지지 않는 벌레의 이미지를 애써 외면하며 계속 되뇌었다. 학생들에게 식판을 돌리는 시스템은 자동화되어 있다. 배식구 앞에 서면 상대의 발찌를 인식한 기계가 등급에 맞는 메뉴를 내준다.

그러니까 이건 우연이야. 절대 누군가의 의도가 아니야.

정말 그럴까? 배식 시스템이 전부 자동화되어 있을까? 누군가가 자신을 노리고서 식판에 일부러 그걸 집어넣었을 가능성이 없다고, 잘라 말할 수 있을까?

새벽은 손으로 입을 막았다. 잘못하면 화장실에 도착하기도 전에 목구멍에 차오른 것들을 다 쏟아 버릴 것 같았다.

"으웨엑!"

텅 빈 화장실에서 입을 벌리자 투명한 침만 질질 떨어졌다. 거울을 본체만체하며 수도꼭지를 돌렸다. 졸졸거리는 물이 손등을 타고 흘러내렸다. 덜덜 떨리는 손바닥에 물을 받아 얼굴에 문질렀다. 진정해, 진정해. 속으로 중얼거리면서 뺨을 세게 쳤다.

오줌으로 젖어 있던 의자가 감은 눈 안으로 새까맣게 떠올랐다. 교실 안을 떠도는, 숨통을 짓누르던 소름 끼치는 공기. 외부인에게 쏟아지는 가시 돋친 시선들, 머리끝에서 발끝까지 발가벗기는 노골적인 적의.

괜찮아. 새벽은 자신에게 재차 말을 건넸다. 이 정도는 진작 각오했어야 했다. 이오가 아니었다면 첫날부터 겪었을 일이다.

하지만 내게는 미래가 있다. 성적으로는 누구도 내 상대가 안 되니까. 졸업만 하면, 어엿한 성인으로서 다시 인생을 시작할 수 있다.

'녀석들은 어차피 낙오자밖에 될 수 없어.'

이오의 말이 뇌리를 스쳤다. 그렇다, 낙오자다. 이런 건 결국 패배할 놈들의 추한 발버둥에 지나지 않는다. 지금도 앞으로도 영원히 비성년자로서 어둠 속을 헤맬 망령이다. 졸업 후에는 마주칠 일이 전혀 없다.

조금만, 조금만 더 참으면 돼.

호흡이 약간 가라앉았다. 겨우 세면대에서 고개를 들었다. 눈을 뜨니 정면의 거울 속에 자신의 얼굴이 보였다. 그리고 그 뒤에, 사람 그림자가…….

기겁한 새벽이 홱 돌아섰다.

까무잡잡한 피부에 여드름투성이인 소년이 그곳에 서 있었다. 낯선 얼굴이다. 그는 혼자가 아니었다. 뒤에 세 명이 더 있다. 모두 무표정하다. 시선을 두는 곳은 제각각이었지만, 거울을 통해 눈이 마주친 소년만은 새벽을 똑바로 바라보고 있었다. 그 시선에 소름이 끼쳤다.

꼼짝도 못하고 굳어 있는 새벽에게 상대가 불퉁한 말투로 입을 열었다.

"청소."

"응?"

"여기 청소한다고."

"아…… 미안."

새벽은 허둥지둥 세면대에서 비켜섰다. 쿵쾅대는 가슴을 쓸어내리면서 시선을 아래로 내리깐 채 그들을 지나쳐 출구로 향했다. 손잡이를 막 쥐려는데, 누가 손목을 콱 잡았다. 심장이 발에 걸어차인 것처럼 쿵 튀어 올랐다.

새벽의 손목을 붙잡은 것은, 출구 옆 칸막이 그림자 속에 서 있던 소년이었다. 위쪽으로 쭉 찢어진 눈이 소름 끼칠 만큼 차가운 빛을 띠고서 새벽을 쳐다본다. 붙들린 손목에서 맥박이 미친 듯이 뛰었다. 고양이 앞의 쥐처럼 아무 말도 나오지 않았다.

소년이 말했다.

"너 지금, 우리 무시했지."

"······무슨 소리야."

소년이 험상궂은 얼굴을 쓰윽 들이밀었다.

"무시했잖아."

"안 했어."

"하, 이젠 거짓말까지."

소년이 코웃음을 치며 새벽을 노려보았다.

"너 같은 놈들 생각은 빤하거든? 일등 하더니 화장실 벌청소 하는 것들은 인간으로도 안 보이지? 부모 잘 만나서, 얼굴은 반지르르하고 머리는 좋고. 덕분에 여기 와서도 손에 똥 안 묻히고, 이쁨은 다 받고, 세상이 다 네 거 같겠다? 엉?"

"그렇지 않아. 이거 놔."

그의 손을 뿌리치려 했지만 손목을 붙잡고 있는 힘은 생각보다 단단했다. 한층 더 낮아진 상대의 음성이 귓가를 찔렀다.

"내가, 머리가 많이 나쁘거든? 근데 나쁜 머리로 생각해도 이건 좀 불공평하단 말이야. 어떻게 생각해?"

그때였다. 새벽이 다른 손으로 자신을 붙잡은 상대의 손목을 힘껏 내리쳤다. 손목을 붙든 힘이 약해진 순간, 팔을 힘껏 뿌리치고 그대로 문을 열어젖혔다. 그러나 밖으로 나가기 전에 누군가가 억세게 뒷덜미를 낚아챘다.

우당탕탕! 새벽이 그대로 뒤로 날아갔다. 열렸던 문이 닫히는 소리가 났다. 음험한 목소리가 들렸다.

"야, 저거 가져와."

"누구 없…… 큭!"

도움을 요청하는 소리를 지르려고 입을 연 순간, 축축하고 더러운 뭔가가 입안으로 밀려 들어왔다. 물비린내와 썩은 냄새가 훅 끼쳤다. 입에 든 게 걸레라는 사실을 깨닫기도 전에 욕지기가 먼저 치밀어 올랐다.

새벽의 절박한 시선이 허공을 더듬었다. 검은 얼룩처럼 천장에 불룩 튀어나와 있는 감시 카메라가 눈에 들어왔다. 하지만 다가온 소년이 새벽의 앞머리를 움켜쥐고 흔들면서 말했다.

"왜, 선생들이 볼까 봐? 긴장 풀어, 여기 몰카는 고장났거든. 야, 얘 뒤집어."

거미처럼 달라붙는 손들이 새벽의 얼굴을 바닥에 처박았다. 팔이 뒤로 당겨졌다. 윗도리가 말려 올라간다. 머리를 통과한 셔츠가 하나로 모인 팔에서 멈췄다. 순식간에 팔이 뒤로 포박되었다. 누가 낄낄대면서 속삭였다.

"청소 시작할까?"

우악스러운 손길이 뒤통수를 움켜잡더니 머리를 짓눌렀다. 입을 막은 걸레가 물기를 머금은 타일 위에서 미끄러졌다. 깨진 타일 위에 강제로 비벼진 뺨이 확 달아올랐다. 새벽이 양 다리를 버르적거리면서 저항했다. 핫, 하고 웃는 소리가 등 뒤에서 들려왔다.

"지렁이 같은 놈."

바지 앞섶 사이로 손이 들어왔다. 새벽이 경악해서 몸부림치자 배를 걷어차였다. 그사이 다른 손이 바지를 벗겨서 정강이까지 내린다. 어중간하게 내려간 바지 때문에 다리를 움직일 수가 없다. 소년들이 바닥에 나뒹구는 새벽을 칸막이 쪽으로 질질 끌어당겼다.

"아, 맞다. 걸레부터 빨아야지."

초록색 칸막이 문이 열렸다. 무덤처럼 어둡고 좁은 칸막이 가운데에 희뿌연 좌변기가 놓여 있다. 팔다리를 붙든 손이 새벽을 칸막이 안으로 밀어 넣더니 변기 앞에 무릎을 꿇렸다. 발버둥 치다가 변기에 부딪힌 턱이 저릿저릿했다. 뒤통수를 움켜쥔 손이 사정없이 얼굴을 변기 속에 집어 넣었다.

쏴아아아…….

변기의 물이 소용돌이치기 시작했다. 차가운 물보라가 얼굴을 때린다. 시야가 하얗게 물든다. 숨을 쉴 수가 없다. 정신이 멀어진다.

화장실 입구의 문이 벌컥 열린 것은 그때였다. 귓전에 울리던 아이들의 웃음소리가 딱 멈췄다. 새벽의 머리를 변기로 밀어붙이던 손에서도 거짓말처럼 힘이 빠졌다.

"어, 정 실장, 그 문제는 내가…… 음?"

목소리, 또렷한 사람 목소리가 새벽의 귓속에 꽂혔다. 누군지는 모르지만 어른의 음성이다. 교사가 화장실에 들어온 것이다. 지금 그의 눈에는 어떤 광경이 비치고 있을까? 화장실 안의 오른쪽 칸막이 앞에 엉거주춤한 자세로 서 있는 소년 네 명. 그 사이에서 나뒹굴고 있는 누군가의 다리. 쓰러진 사람의 얼굴은 칸막이에 가려 보이지 않겠지만, 적어도 이들이 화장실에서 볼일을 보고 있는 게 아니라는 사실은 어린애라도 눈치챌 수 있을 것이다.

살았다, 그렇게 생각한 새벽의 몸이 축 늘어졌을 때였다.

"난 또 뭐라고, 청소하냐."

목소리의 주인은 그렇게 중얼거리며 화장실 문을 닫았다. 타박거리는 발소리가 점점 멀어져 간다. 얼어붙었던 화장실 안의 시간이 다시 움직이기 시작했다. 짧은 탄성과 큭큭거리는 웃음소리가 연기처럼 허공에 피어올랐다.

새벽은 그만 눈을 감아 버렸다. 새까맣게 가라앉는 의식의 끝에서, 반쯤 뭉개진 채 다리를 움찔거리던 바퀴벌레가 선명하게 떠올랐다.

7
허공

웃음소리가 꿈속에서 울리는 것처럼 멀어져 간다. 새벽은 수면 위로 끌려 나온 지 한참 된 물고기처럼 무기력하게 화장실 바닥에 볼을 대고서 쓰러져 있었다. 텅 빈 유리구슬 같은 눈동자가 미동도 하지 않은 채 허공을 응시했다.

수면 밖에서 들려오는 것처럼 희미한 소리가 어디선가 웅얼거렸다.

짝! 날카로운 소리가 공기를 찢었다. 몸을 부르르 떤 새벽은 뺨이 얼얼하다는 것을 깨닫고서 미간을 찌푸렸다. 누군가가 자신의 얼굴을 들여다보고 있다. 바둑알처럼 까맣고 하얀 눈동자. 창우였다.

"나가자. 일어설 수 있겠어?"

그제야 새벽은 자신이 반쯤 벌거벗은 채 나뒹굴고 있다는 사실을 깨달았다. 간신히 몸을 추스르고서 창우의 부축을 받아 화장실 문밖으로 나섰다.

이끄는 대로 비칠거리며 걷다 보니 뺨에 싸늘한 공기가 느껴졌다. 예전에 두 사람이 마주쳤던 본관 뒤편의 소각장이 보였다. 차가운 바람 덕분에 정신이 조금 들었다.

다리에 힘이 풀렸다. 새벽이 건물 벽에 등을 기대면서 주저앉았다. 창우가 물었다.

"좀 어때?"

활시위처럼 팽팽하던 신경줄이 툭 끊겼다.

온몸이 사정없이 떨리기 시작했다. 양손으로 자신의 팔을 꽈악 눌렀지만 경련은 멈추지 않았다. 멎기는커녕 입술 사이로 짐승 같은 흐느낌이 새어 나왔다. 이를 꽉 악물자 이번에는 딸꾹질이 일어났다. 히끅, 히끅. 악다문 잇새 사이로 자꾸만 숨넘어가는 소리가 껴들었다. 멍투성이인 살갗을 아무리 세게 움켜쥐어도 멋대로 넘치는 눈물을 막을 수가 없었다. 창우는 묵묵히 새벽의 옆에 앉아서 허공을 바라보기만 했다.

얼마나 시간이 지났을까. 새벽이 조그맣게 물었다.

"너…… 어떻게?"

창우가 손으로 뒤쪽 벽에 난 창문을 가리켰다. 그건 조금 전까지 새벽이 있었던 화장실의 창문이었다. 문제의 화장실은 본관 뒤편의 소각장 옆에 위치하고 있었다.

"애들이 널 불러 세우는 소리가 들려서."

새벽이 창우를 쳐다보았다. 붉게 부은 채 놀란 토끼처럼 경악하던 눈이 이윽고 분노로 물들었다.

"처음부터 다 들었단 말이야? 다 알면서…… 그놈들이 그러는 걸 내버려 뒀다고?"

창우가 새벽의 시선을 피했다. 분노로 몸을 부들부들 떨며 뭐라고 말하려던 새벽이 불현듯 입을 다물었다. 그러더니 얼굴을 감싸 쥐고서 숨을 천천히 내쉬었다. 기나긴 심호흡 끝에 꺼질 듯한 혼잣말이 딸려 나왔다.

"……미안. 소리 질러서……. 미쳤나 봐. 지금 좀…… 제정신이 아니라서 그래."

창우가 의외라는 눈으로 새벽을 돌아보았지만, 두 손으로 얼굴을 문지르고 있던 새벽은 그 시선을 눈치채지 못했다. 이윽고 손과 어깨를 늘어뜨린 새벽이 벽에 뒤통수를 짓찧더니 신음처럼 내뱉었다.

"더 이상 못 참겠어. 당장 나가고 싶어. 여긴 완전 미쳤어."

"밖이라고 별수 없을걸."

창우가 대꾸했다. 새벽이 미간을 찌푸리며 그를 쳐다보았다. 창우가 벽에 머리를 기대면서 말했다.

"초등학교에서 중학교로 이동하던 날, 어쩌다가 도망쳤어. 엄마 아빠랑 할머니가 계신 집으로 돌아가려고 했는데, 생각해 보니까 집이 이미 없는 거야. 날 몰래 키운 것 때문에 엄청난 벌금을 맞았거든. 그래서 모두 감옥에 갔어."

창우가 추운 것처럼 무릎을 끌어안았다.

"결국 아무렇게나 헤매다가 쫓아온 사람들한테 붙잡혔어. 우리 발찌에 추적 장치가 있대. 그렇게 돌아오고 나서는 바깥 생각을 안 하게 됐어."

아무 말도 하지 않는 새벽을 향해 창우가 위로하듯이 말했다.

"너도, 곧 모든 걸 이해하게 될 거야."

세상은 약간의 보랏빛만을 하늘에 남기고서 어두워져 있었다. 새벽은 잠자코 고개를 무릎에 파묻었다.

시험을 일주일 앞둔 월요일. 쉬는 시간을 틈타 떠들썩해진 복도를 빠른 속도로 걸어가는 키 큰 소년이 있었다. 마주 오는 아이들을 피하는 몸놀림은 날렵하고 발걸음은 경쾌하다. 발찌 액정의 색깔은 주황색, 8등급이다.

어딘가로 향하던 소년은 목적하던 것을 찾았는지 씨익 웃었다. 그의 맞은편에서 새벽이 걸어오고 있었다. 얼굴에 남은 멍 자국이 선명하다. 새벽에게 다가간 소년이 살갑게 손을 흔들었다.

"안녕? 문도새벽."

새벽이 상대를 쳐다보았다. 낯선 소년이 의미심장하게 웃었다.

"네가 '등록아동'이지?"

새벽이 경계하는 얼굴로 물었다.

"누구야?"

"노아야. 서노아."

자신의 이름을 노아라고 밝힌 소년이 눈을 가늘게 떴다.

"우리 잠깐 얘기 좀 할까?"

"난 널 모르는데. 무슨 얘기?"

"자식, 긴장 풀어, 난 네 편이니까."

새벽이 미심쩍은 눈으로 노아를 훑어보았다. 노아가 생글생글 웃으면서 말했다.

"너, 요새 제대로 귀여움 받고 있다며?"

갑작스러운 질문에 당황한 새벽이 고개를 돌렸다. 새벽의 얼굴에 모멸감과 수치심이 떠오르는 것을 본 노아가 짐짓 혀를 찼다.

"학교 온 것도 짜증나는데, 사방에서 귀찮게 구니 인기가 많은 것도 참 큰일이겠다. 그치?"

"할 얘기란 게 그거야?"

"아니. 용건은 지금부턴데."

새벽이 짜증난다는 듯이 노아를 바라보았지만, 노아는 개의치 않고 말했다.

"너, 그걸 시킨 놈이 누군지 알아?"

"뭐?"

새벽이 놀라 되묻자 노아가 웃었다. 상대가 어떻게 반응할지 기대하는 어린아이 같은 미소였다.

"이오야."

"……뭐."

"예전 전교 일등."

"무슨 소리야!"

새벽의 목소리가 커졌다. 복도를 지나던 소년들이 이쪽을 힐 끗거렸지만, 노아를 보더니 모른 체 가 버렸다. 하지만 새벽은 노아의 말에 놀란 나머지 주변을 눈치채지 못했다.

"말도 안 돼. 이오는 그럴 녀석이 아니야."

"이오가 어떤 녀석인데?"

"정정당당하게 승부할 성격이라고. 자존심 때문에라도, 그런 음험한 짓은 절대 못해."

노아가 콧등을 만지작거리면서 한숨을 쉬었다.

"지금까진 그랬지. 항상 일등이었으니 여유만만이었고. 하지 만, 이젠 아냐. 물불 가릴 정신이 없을걸. 널 끌어내리고 자기 자 리를 되찾을 수만 있다면 뭐든지……."

"증거 있어?"

새벽이 묻자 노아가 코웃음을 쳤다.

"증거? 넘버즈가 움직이고 있잖아. 그럼 딱 견적이 나오지."

새벽이 무서운 눈으로 노아를 노려보았다. 노아가 눈꼬리를 부드럽게 휘면서 웃었다.

"너무 그렇게 보지 마. 좋은 제안을 하러 온 거니까."

"제안?"

"그래. 우리 헤이즈로 와라."

"뭐?"

"그러면 넘버즈가 널 건드리지 않게 해 주지."

앞뒤 없는 말에 혼란스러워진 새벽이 눈을 깜박였다. 그 눈에 불신이 비쳤다.

"왜 나한테 그런 제안을 하는 건데? 무슨 득이 있어서?"

"득은 무슨. 넌 우리 동족이잖아. 부모 얼굴도 알고, 이름도 있고. 넘버즈보단 헤이즈에 가깝잖아?"

노아가 연극하는 것처럼 과장된 동작으로 두 팔을 벌리더니 고개를 절레절레 흔들었다.

"네가 지금 그 꼴이 된 것도 넘버즈랑 어울려서 그런 거야. 그 녀석들은 자기네 동족 외에는 절대 믿지 않아. 이오한테 단물 쪽쪽 빨아 먹히고 버려지고도 모르겠어?"

잠시 동안 노아를 관찰하던 새벽이 단호하게 말했다.

"거절이야."

노아가 실실 웃었다.

"이유를 물어도 될까?"

"넘버즈니 헤이즈니, 편 가르는 게 맘에 안 들어. 그리고……."

"그리고?"

새벽의 단단한 시선이 노아의 눈과 마주쳤다.

"친구를 헐뜯는 녀석을 믿을 순 없어."

노아가 쓴웃음을 지었다.

「시험을 시작하겠습니다.」

무감정한 기계 음성이 시험의 시작을 알렸다. 배정된 자리에 앉은 학생들이 주변을 경계하면서 가상 화면에 떠오른 문제를 읽기 시작했다.

새벽도 그중 한 명이었다. 머리 한쪽이 짓눌리는 것처럼 둔중하게 쑤셨다. 화장실 사건 이후 잠을 깊게 자지 못했고, 편두통도 잇따랐다. 하지만 정신은 맑았고, 쉴 새 없이 주어지는 문제들의 답도 선명하게 보였다. 두통 정도로는 쌓일 대로 쌓인 울분을 가릴 수 없었다.

'너희들이 아무리 그래 봤자…….'

새벽이 어금니를 사려물었다.

'소용없어. 결국 이기는 건 나야.'

자신을 욕보인 놈들, 뒤에서 킥킥거리며 웃는 놈들, 그놈들에게 똑같은 좌절과 분노를, 아니 더 큰 절망을 안겨 주고 싶었다. 그래 봤자 아무것도 바뀌지 않는다는 사실을 보여 줄 것이다. 결국 나는 성인이 되어서 바깥으로 나갈 것이고 너희들은 평생 바닥을 기면서 벌레처럼 살아야 한다는 것을.

'그러니 반드시, 일등을 차지해야 해.'

어떤 모욕과 폭행이 있더라도 일등 자리는 지켜 내야 한다. 대한민국의 당당한 성인으로서 이 지긋지긋한 학교에서 탈출하기 위해서.

'낙오자들.'

이오의 말이 머릿속을 스쳤다. 새벽이 얼굴을 찌푸리며 미간을 문질렀다.

그날 이후로도 끝내 이오와 이야기할 기회가 없었다. 새벽도 이오를 적극적으로 찾지 않았다. 어쩌면 피했는지도 모른다.

'그걸 시킨 놈이 누군지 알아?'

노아의 으스스한 목소리가 되살아났다. 새벽이 이마를 쓸어 올렸다.

'아니야. 이오가 그랬을 리 없어.'

지옥 같은 이곳에서 유일하게 말을 걸어 준 녀석이다. 주어진 조건에 불평해 봤자 소용없다고, 노력 여하에 달렸다고 말하던 힘찬 음성이 아직도 귓가에 남아 있다. 그 말이 자신에게 얼마나 위안과 용기를 주었던가.

하지만.

'그렇다면 왜 날 피하는 거야?'

새벽이 입술을 짓씹었다. 모르겠다. 온통 의심나는 것, 이해할 수 없는 것들뿐이다. 그에 비하면 학교 시험은 명확하고 알기 쉬워서 좋았다. 결코 자신을 배신하지 않을 단 하나의 무기.

'거짓말쟁이투성이야. 절대로 비겁한 놈들 따위에게 질 순 없어.'

그렇게 다짐하며, 새벽은 시험 문제를 풀어 나갔다.

해가 질 무렵이 되어서야 시험이 모두 끝났다. 교실은 일제히 소란스러워졌다. 새벽은 아이들이 연생장으로 먼저 내려가기를 기다린 뒤 천천히 따라 나갔다. 시험 결과 때문에 조바심 내는 것처럼 보이기 싫었다.

현관 밖으로 발을 디디자, 스크린을 올려다보던 아이들이 술렁이며 자신을 훔쳐보는 것이 느껴졌다.

"미친놈."

"저거, 인간 맞아?"

"완전 괴물이야."

내뱉듯이 중얼거리는 소리, 감탄이 섞인 속삭임 등이 인파 사이에서 들려왔다. 새벽은 승리를 확신하며 스크린을 올려다보았다.

예상한 대로, 맨 윗자리에 만점을 기록한 자신의 이름이 빛나고 있었다. 전체 평균 성적과 비교하여 산출된 성취도는 무려 이

백 퍼센트.

이 순간만은 연생장의 그 누구도 새벽에게 감히 반감을 드러내지 못했다. 경외심과 놀라움이 뒤섞인 시선이 사방에서 쏟아졌다. 마음이 가벼워졌다. 지금이라면 이오에게 뭐든지 터놓고 물어볼 수 있을 것 같다. 그가 어떤 대답을 하건 간에.

뿌듯하게 주변을 둘러보던 새벽은 연생장에 이오가 보이지 않는다는 사실을 깨달았다.

"야! 저거!"

누군가가 허공을 가리키며 소리를 질렀다. 연생장에 모여 있던 아이들의 눈이 일제히 손가락이 가리킨 곳으로 향했다.

본관 옥상을 빙 둘러친 펜스 바깥에 회색 깃발 같은 것이 나부꼈다. 교복 옷자락이다. 교복 셔츠의 앞섶을 풀어 젖힌 그림자가 피처럼 붉은 노을을 등지고서 연생장을 내려다보고 있었다. 십자가처럼 펼쳐진 양팔이 등 뒤의 펜스를 붙들고 있는 게 보였다.

"저거 이오 아냐?"

누가 놀란 목소리로 외쳤다. 그 말이 신호가 된 것처럼 곳곳에서 신음과 탄성이 올랐다.

이오라고? 연생장에서 스크린을 쳐다보고 있던 새벽은 놀라 하늘을 올려다보았다. 6층 건물 옥상의 바깥에 위태위태하게 붙어 있는 머나먼 인영. 역광 때문에 표정이 보이지 않았다. 그러나 왠지 모르게 그가 자신을 응시하고 있는 것 같은 느낌이 들었다.

눈과 눈이 마주쳤다고 느낀 순간.

바람에 밀리는 것처럼, 사뿐히 그의 발이 허공으로 내던져졌다. 시간이 정지한 것처럼 아무 소리도 들리지 않았다. 외마디 비명조차 없었다.

영원처럼 느껴지는 정적 속에서, 이오의 몸뚱이가 지면을 향해 끈이 잘린 꼭두각시처럼 떨어져 내렸다.

8
세면장

밤이 깊었다. 하지만 날이 밝으려면 아직 멀었다.

새벽은 연거푸 얼굴을 씻었다. 괴괴한 세면장 안에 찰박거리는 물소리만 울려 퍼진다. 신관 6층의 세면장은 1등급 학생들 전용이라 이용자 수가 적고, 온수도 쓸 수 있어서 구관보다 쾌적하다. 하지만 지금 그런 건 아무래도 좋았다.

새벽은 거울 속에 비친 자신을 물끄러미 쳐다보았다. 몇 시간 전에 그렇게 끔찍한 광경을 목격했는데도 평소와 전혀 다름없는 얼굴이다.

이오가 추락한 뒤, 이변을 눈치챈 교사들이 달려왔다. 몰려드는 학생들은 세이버가 강제로 해산시켰다. 연생장에서 구관 쪽으로 밀려나던 새벽이 마지막으로 본 것은, 교사들의 다리 사이로 힐끗 비친 이오의 맨발이었다.

이오가 죽었는데 전혀 실감이 나지 않는다. 눈물도 흐르지 않는다.

내가 이렇게 냉정한 인간이었나? 어처구니가 없다. 새벽은 뭐 할 말 없느냐고 추궁하듯이 거울 속을 노려보았지만, 반대편 얼굴에서 별다른 감정은 느껴지지 않았다. 심장 소리도 평범했다.

다만, 잠이 오지 않았다.

덜커덕. 등 뒤에서 문 열리는 소리가 났다. 새벽이 반사적으로 돌아섰다. 세면장에 들어온 것은 안면이 있는 소년이었다. 길게 찢어진 눈, 가느다란 얼굴선, 발찌의 액정에서 나오는 붉은빛. 이인실로 이동한 이오의 새로운 룸메이트였다.

새벽과 그의 시선이 잠시 맞부딪쳤다. 소년은 별 말 없이 다른 세면대로 다가갔다. 수도꼭지에서 물이 쏟아지는 소리가 들려왔다. 이런 시간에 세면장에서 누군가와 마주칠 줄은 생각지 못했다.

'저 녀석도 잠이 안 오는 건가?'

그제야 새벽은 깨달았다. 오늘 밤, 이오는 방으로 돌아오지 않는다. 저 소년은 이오가 없는 이인실에서 홀로 밤을 보내야 하는 것이다.

세면대의 물소리가 멈추고 소년이 거울을 향해 고개를 쳐든 순간, 새벽이 그에게 말을 걸었다.

"괜찮아?"

소년이 이쪽을 바라보았다.

"뭐가?"

새벽은 소년의 시선을 마주 보지 않았다. 그저 조용히 발치를 내려다보며 그의 대답을 기다렸다. 새벽을 훑어본 소년이 다시 거울로 눈길을 돌렸다. 그러더니 약간 퉁명스럽게 말했다.

"그냥 원래대로 돌아온 건데 괜찮고 말고 할 게 어딨어."

"원래대로라니?"

"석차."

새벽은 눈을 깜박였다. 순간 소년의 말을 이해할 수가 없었다. 몇 초가 흐른 후에야 그 내용이 머릿속에 스멀스멀 번져 나갔다. 하지만 여전히 의미를 알아들을 수가 없었다. 정확하게 말하면, 말뜻을 알아들을 것 같은 자신이 싫었다.

"석차라니? 전교 석차 말이야?"

"그거 말고 뭐?"

짜증 섞인 음성이 되돌아왔다.

"아니, 오늘 밤 이오가 없으니까…… 혼자 괜찮냐고…….."

"곧 재배정될 텐데 뭐."

"그런 얘기가 아니잖아!"

"그럼 무슨 얘긴데?"

말문이 막힌 새벽이 소년을 똑바로 쳐다보았다. 소년이 픽 웃더니 새벽 쪽으로 돌아섰다. 변성기가 지난 남자치고는 약간 높은 목소리가 도발적으로 들렸다.

"너 뭐하자는 거냐?"

"뭐……?"

"왜 이래, 혼자 깨끗한 척하고. 이오가 자살해서 슬퍼? 괴로워? 웃기지 마, 완전 멀쩡한 얼굴 하고 있는 주제에."

뭐라고 반박하고 싶었지만 할 말을 찾을 수가 없었다. 소년이 뒷말을 이었다.

"이오는 말야, 일등을 놓친 적이 없어. 완전 괴물이었지. 여기서 한 번도 이 등 한 적이 없어."

적의와 경계심으로 범벅된 시선이 새벽을 향했다.

"네가 오기 전까지는."

소년이 작게 큭큭거렸다. 그 웃음소리에 소름이 좍 끼쳤다.

"그 자식은 항상 모범생인 척하면서, 저보다 등수 낮은 놈들은 죄다 패배자로 취급했어. 그런데 본인이 이 등으로 떨어졌으니 얼마나 충격이 컸겠냐? 이제야 남들 심정을 좀 이해했으려나."

"그만해! 그렇게 말하지 마."

새벽이 소리쳤다. 온몸이 으슬으슬 떨려 왔다.

뭐야, 이 자식은. 아는 녀석이, 룸메이트가 자살했는데 저런 생각을 하고 있었단 말야? 완전 미쳤어. 미친놈이야.

새벽의 주먹이 부들부들 떨리는 것을 본 소년이 혀를 차더니 팔짱을 꼈다.

"날 완전 미친놈으로 보나 본데, 너한테 그런 소리 듣고 싶지 않거든?"

"뭐……."

"자기 살겠다고 이오를 일등 자리에서 끌어내린 건 바로 너 잖아?"

새벽은 그 자리에 굳어 버렸다. 소년이 눈짓으로 새벽의 가랑이를 힐끔 가리켰다.

"아냐? 그거 잃어버리긴 싫으니까, 비성년자로 비참하게 살긴 싫으니까 공부한 거 아니야? 누가 너 대신 잘리고서 불구가 된대도, 백 년도 못 살고 죽는대도, 상관없었지? 그게 설령 이오라고 해도 양보할 생각 없었잖아?"

소년이 팔짱을 풀고서 손을 탁탁 털더니 세면대에 기대고 있던 허리를 폈다. 천천히 출구를 향해 걸어가는 그의 목소리가 마른 세면장 안에 쟁쟁하게 울려 퍼졌다.

"내가 미친놈이라면, 넌 살인자 아냐?"

새벽이 간신히 정신을 차렸을 때, 이미 소년의 모습은 어디에도 없었다. 새벽만이 세면장에 홀로 서 있었다.

고개를 돌리자 벽에 붙은 거울에 얼굴이 비쳤다. 몇 시간 전에 친구를 잃었다고는 도저히 생각하기 어려운, 멀쩡하기 그지없는 얼굴.

"제길!"

탕, 거울을 내리치는 소리가 하얀 공간에 성마르게 울렸다.

그래도 눈물은 나오지 않았다.

날이 밝자 아침 조회가 시작되었다. 매일 하는 조회건만, 오늘은 유독 당겨진 활시위처럼 분위기가 팽팽했다. 굳이 말하지 않아도 모두가 그 이유를 알고 있을 터였다.

스크린 위에 교장의 얼굴이 나타났다. 항상 그랬듯이 국가의 은혜를 잊지 말라고 잔소리한 교장은, 마지막에 평소와 다른 내용을 덧붙였다.

"에~. 옥상에 올라가서 놀던 학생 한 명이 사고로 떨어져서 사망했습니다. 1등급 학생들을 배려하고 격려하는 차원에서 휴식처를 개방한 것인데, 이런 일이 생기다니 참으로 유감입니다. 앞으로 옥상은 학생 출입금지 구역으로 변경하겠습니다. 창문에 창살이 있다고 불평할 게 아니라, 보호용 창살이 필요 없을 만큼 성숙한 인간이 되기를 바랍니다."

훈화가 울려 퍼지는 연생장은 찬물을 끼얹은 것처럼 조용했다.

아침조회가 끝났다. 식당을 향하는 학생들의 물결 사이에서 뻗어나온 팔이 억센 힘으로 새벽을 잡아챘다.

"이 개자식!"

새벽의 눈에서 불이 번쩍 일었다. 얼굴에 통증이 느껴진 것은 그 직후였다.

바닥으로 나동그라진 새벽의 멱살을 커다랗고 까무잡잡한 손이 잡아당겼다. 분노로 제정신을 잃은 두 눈이 새벽을 노려보고 있었다. 악어였다.

"이 새끼, 죽여 버릴 거야!"

"야, 악어! 너 미쳤어? 교사들 있는 데서!"

주변 학생들이 황급히 악어를 떼어 놓으려 했지만 소용없었다. 간단히 그들을 밀쳐 버린 악어가 다시 새벽에게 달려들어 주먹을 날렸다. 한 대 맞을 때마다 온몸이 부서지는 것 같은 충격이 새벽을 강타했다. 얻어맞은 복부가 너무 아파서 소리조차 나오지 않았다.

"이 새끼 때문에! 이오가 죽은 거야. 이 좆같은 개새끼가, 이오를 죽인 거라고!"

악어는 그렇게 외치며 배를 감싸고 꿇어앉은 새벽의 머리를 걷어찼다. 까슬거리는 흙바닥이 피부를 찢으며 파고들었다. 새벽이 쿨럭거리며 눈을 감은 순간, 뒤늦게 달려온 세이버가 악어를 붙들었다. 악어는 온 힘을 다해 저항했지만, 아무리 체격 좋은 악어라도 경비로봇을 떨쳐 낼 순 없었다. 세이버에 제압당한 악어가 발악하듯이 고함을 질렀다.

"사고? 씨팔 사고 같은 소리 하네. 너네 다 알잖아! 이오가 왜 죽었는지! 이거 봐! 저 새끼 죽여 버릴 거야! 복수할 거라고!"

"이 미친놈이, 어디 신성한 교정에서 지랄이야? 야, 저놈 조용히 시켜!"

교사의 말에 이어 세이버가 붙잡힌 악어에게 전기 충격을 가했다. 악어가 가래 끓는 소리를 내면서 늘어지자, 세이버가 그를 끌고 관리동 쪽으로 향했다. 교사 중 한 명이 바닥에 뒹굴고 있는 새벽을 잡아 일으켰다.

"야, 괜찮냐? 자식, 피 나네. 의료실 가야겠다."

관리동 1층 구석에 자리 잡은 의료실로 새벽을 데려온 교사는 검사용 신체 스캐너를 들여다보았다.

"음, 뭐, 어디 부러진 데는 없는 것 같네. 그 무지막지한 튀기한테 맞은 것치곤 운 좋은 거다. 그 새끼, 대 놓고 사고를 쳤으니 이번에는 벌점 정도로 안 끝나지. 이틀은 반성실에서 썩을걸."

그렇게 말하면서 침상 위에 앉아 있는 새벽에게로 시선을 돌린 교사는 피식 웃었다.

"뭐야, 너 우냐?"

"……."

"나 참, 사내놈이 이런 걸로 울면 어떡해? 많이 아프냐?"

새벽이 고개를 들었다. 멍든 얼굴이 웃으려는 것처럼 일그러지자 살갗이 벗어진 뺨 위로 눈물이 떨어졌다. 여윈 목소리가 속삭였다.

"죄송합니다. 너무 아파서요."

9
태내

점심시간이 되자 교실의 아이들이 웅성거리며 본관 지하로 내려가기 시작했다.

새벽도 자리에서 일어섰다. 전신의 뼈마디가 비명을 질렀다. 얼굴을 찌푸리자 입술까지 욱신거렸다. 휘청거리는 다리를 애써 가누면서 본관을 빠져나갔다. 어디든 좋으니 사람들이 없는 곳으로 가고 싶었다.

본관 뒤 소각장으로 가 보니 누군가가 웅크리고 앉아 있었다. 창우 같았다. 새벽은 천천히 그쪽으로 다가갔다.

상처 입은 짐승처럼 몸을 웅크린 소년은 왼팔에 오른손을 대고서 뭔가를 열심히 비비고 있었다. 뭐하는 건지 몰라 고개를 갸우뚱하던 새벽의 심장이 쿵 내려앉았다. 고함이 먼저 튀어나왔다.

"야, 너 뭐해! 미쳤어? 윽……."

소리치면서 달려가려 했지만 다리가 후들거렸다. 벽을 짚고서 최대한 빠른 걸음으로 창우에게 다가간 새벽이 그의 오른팔을 붙잡아 당겼다. 팔은 예상 외로 저항 없이 딸려 올라왔다.

창우의 손에서 날붙이가 떨어졌다. 긴 은색 손잡이 끝에 붙은 반달 모양의 칼날에 빨간색 물감처럼 보이는 액체가 묻어 있다. 새벽은 서둘러 그것을 주워 들었다.

새벽에게 팔을 붙잡힌 창우는 아무 반응도 없었다. 그러더니 무표정한 얼굴로 고개를 들어 새벽을 바라본다. 무릎에 축 늘어진 그의 왼팔 손목 위로 벌겋게 부어오른 자해 흔적들이 보였다.

어린아이가 마구 그은 것 같은 새빨간 직선들. 표면만 긁힌 정도였지만, 몇 줄기나 되는 상처가 하얀 손목을 엉망으로 만들어 놓았다. 조금 깊게 다친 상처 끝에서 가느다란 핏줄기 하나가 길게 흐른다. 새벽은 이오를 떠올렸다. 차가운 바닥 위에 나동그라져 있던 그 하얀 맨발.

울컥하는 뜨거운 기운에 목구멍이 막혔다. 헛기침한 새벽은 최대한 부드러운 목소리로 물었다.

"왜 그래? 무슨 일 있었어?"

창우의 팔이 움찔했다. 눈물이 툭 떨어진다. 하나, 둘, 굵은 물방울이 떨어짐에 따라 가면 같던 표정이 젖어드는 종이처럼 구겨졌다. 창우가 양팔로 무릎을 끌어안고서 고개를 숙였다. 새벽은 그 자리에 선 채로 창우의 목덜미를 물끄러미 내려다보았다.

꺼질 듯한 창우의 목소리가 들려왔다.

"그거, 줘."

새벽은 창우에게서 빼앗은 자해 도구를 쳐다보았다. 뭔가 했더니, 아무래도 숟가락을 어딘가에 반쯤 갈아서 만든 날붙이 같았다.

칼이나 송곳류는 전부 금지일 텐데, 도대체 이런 걸 어디다 숨겨 가지고 있었던 거지? 지금 돌려주면 안 되는 거 아닐까? 그렇게 생각하면서 망설이는데, 창우가 착 가라앉은 목소리로 다시 말했다.

"이제 안 할게. 돌려줘."

새벽이 조심스럽게 칼을 내밀자, 창우가 그것을 받아 들더니 물끄러미 칼날을 쳐다보았다. 새벽이 물었다.

"그거 압수 품목 아냐? 어떻게 안 걸렸어?"

대답은 없었다. 창우의 얼굴이 달처럼 창백했다. 그 지친 옆얼굴을 바라보던 새벽이 질문을 바꿨다.

"손목에다 왜 그런 거야?"

부질없는 질문이라고 새벽은 생각했다. 이오가 죽은 것이 바로 어제 일이다. 아이들의 시체 같은 침묵 밑에서 분노와 공포가 소용돌이치고 있다. 악어도, 세면장의 그놈도, 자신도 전부 거기에 먹혀 버렸다. 이오를 삼킨 절망의 그림자가 다음 희생자를 찾고 있다.

창우는 느릿하게 대답했다.

"내 몸이잖아. 내 몸이니까 맘대로 할 거야."

새벽이 이맛살을 찌푸렸다. 잔소리를 해 주려고 입을 벌렸지만, 창우의 대답은 끝난 것이 아니었다.

"린치도 자해도 자살도, 다 똑같은 이유야. 할 수 있으니까 하는 거야. 맘대로 할 수 있는 게 없으니까."

새벽은 그만 말문이 막혔다. 창우가 상처투성이인 왼쪽 손목을 가볍게 눌렀다.

"우린 몸만 갇힌 게 아냐. 마음까지 바쳐야 돼. 공부 외에 딴생각은 하지 말라고 해. 날 괴롭히는 녀석과도 사이좋게 지내라고 말하지. 내 바람은 중요하지 않아. 무조건 따라야 하고, 무조건 맞춰야 하는 거야."

창우가 검지로 칼날을 스윽 쓰다듬었다. 옅은 핏물이 손가락 끝에 묻어났다.

"그러니까 이건, 영혼의 자유를 지키기 위한 무기야."

"영혼의 자유라고?"

"내 삶은 마음대로 할 수 없으니까, 적어도 죽음은 스스로 선택하고 싶은 거야."

새벽의 얼굴이 일그러졌다. 창우가 발치로 시선을 떨어뜨렸다.

"하지만 이런 뭉툭한 날로는 죽을 수도 없어. 옥상에서 뛰어

내리는 것도 1등급한테나 가능하지. 이오가 부러워."

"그런 말 하지 마!"

새벽이 버럭 소리치며 창우를 노려보았다. 창우는 잠자코 새벽의 시선을 피했다. 새벽이 이를 악물며 말했다.

"이오는 죽고 싶었던 게 아니야. 그런 식으로 말하지 마."

그래, 죽고 싶었던 게 아니다.

오히려 그 순간만큼 평온하게 살고 싶다고 간절히 바란 적이 없었을 것이다.

친구를 질투하지 않고, 미워하지 않고, 그저 행복하게 살고 싶다고.

"젠장!"

새벽이 주먹으로 벽을 내리쳤다. 살갗에 부딪힌 벽에서 둔탁하고 가벼운 소리가 났다. 삑, 생활 점수가 감점되는 경고음이 들렸다. 새벽은 힘없이 팔을 늘어뜨렸다.

이오.

내가 어떻게 해야 했을까? 내게 널 구할 수 있는 기회가 있었을까?

어쩔 수 없는 일이었다고, 한 명이 올라가면 다른 한 명은 떨어지는 법이라고, 그것이 우리가 하는 게임의 법칙이라고 머리로 아무리 되뇌어도, 가슴은 납득하지 못하고서 계속 되묻는다. 내가, 이오를…….

'이 새끼가 이오를 죽인 거야!'

처절하게까지 들리던 악어의 절규가 머릿속에 되살아난다. 두들겨 맞은 전신이 아프다. 하지만 그보다, 마음이 아팠다.

분노가 치민다. 어쩔 수 없었다고 변명하는 자신이 혐오스럽고, 이오의 고통을 알아주지 않고 침묵하는 학교에 화가 나서 미쳐 버릴 것 같았다.

우린 왜 이런 세상에 태어났을까? 세상은 우릴 원하지도 않는데.

우리가 필요 없다면 차라리 죽여. 깔끔하게 죽여 버리라고. 왜 이런 극단적인 게임을 시키는 거야? 무슨 득이 있어서 이런 짓을 하는 거지? 우수한 인재에게만 성인이 될 권리를 주겠다고? 웃기지 마. 이 학교에서 가르치는 내용은 인재 양성과는 전혀 상관 없잖아. 바깥 아이들은 아예 태생 조건이 다른데…….

그 순간, 어떤 영감이 새벽의 머릿속을 내리쳤다.

너무 순식간에 지나가 버려서 생각의 끄트머리를 붙잡는 것이 겨우였다. 하지만 간신히, 놓치지 않았다. 잊어버릴까 봐 두려운 나머지 서둘러 입을 열었다.

"창우야."

마른침을 꼴깍 삼켰다. 가슴이 타 들어가는 것처럼 뜨거웠다. 떨리는 주먹을 꽉 쥐면서, 새벽은 입을 열었다.

"학교라는 기관의 목적이 뭐라고 생각해?"

창우가 지친 눈으로 멍하니 새벽을 올려다보았다. 새벽이 말을 이었다.

"이런 시험을 왜 실시하는 거야? 각자가 가진 장점이나 능력을 몇 가지 테스트로 수치화하는 건 불가능해. 그런데 어째서, 모두들 억지로 시험을 치게 만들고 그게 적성에 맞지 않는 아이들에게 모욕을 주지?"

"문제 해결 능력 향상을 위해서……?"

"아냐, 그건. 학교에서 외우라는 정보 같은 건 매트릭스에서 간단히 알아낼 수 있어. 그런 걸 왜 외워? 그리고 매트릭스에서도 알아낼 수 없는 어려운 문제라면, 다 함께 머리를 맞대고 의논해서 답을 연구해야 하는 거 아니야? 그런데 왜 시험 시간에 의논하는 게 금지지? 왜 함께 문제를 고민하지 못하게 막고, 컨닝이라고 몰아세우고, 서로를 경계하게 만들지?"

새벽은 후들대는 오른팔을 왼손으로 잡아 눌렀다.

"학교 시험에는 분명히 목적이 있어. 표면적인 구실이 아닌 진짜 목적이."

"진짜 목적?"

"그래. 시험을 통해서 등급을 가르고, 순위를 정해. 그리고 등수에 따라 특권을 조금씩 나누어 주지. 상위 등급에게는 더 많은 특권을 주고, 하위 등급에게선 있던 권리도 빼앗아. 그러면서 오랜 시간 동안 몸으로 학습시키는 거야. 이게 세상의 이치라고,

잘난 사람이 더 많이 가져가는 것은 당연한 거라고 말이야."

말하면서 생각을 정리하던 새벽의 긴장한 목소리가 점점 더 빨라졌다.

"그 규칙에 어릴 때부터 길들여지면, 아무도 불평하지 않게 돼. 내가 가지지 못한 것은 내가 못났기 때문이거나, 노력이 부족해서라고 생각하지. 힘을 모아 문제를 해결하는 게 아니라 서로를 끌어내리려 하게 돼. 누군가를 짓밟거나 짓밟히는 것도 당연한 세상의 이치라고 생각해. 모든 사람을 한 줄로 세우는 이 구조에서는, 항상 패배자가 나올 수밖에 없으니까."

단숨에 모든 생각을 토해 낸 새벽이 물에서 빠져나온 사람처럼 숨을 골랐다. 그러더니 한층 가라앉은 목소리로 자문했다.

"그럼 왜 이런 제도를 만들었을까? 우릴 어떻게 만들고 싶은 걸까?"

창우는 무릎을 끌어안은 자세 그대로 굳어 있었다. 시선을 새벽의 얼굴에 못 박은 채 눈을 떼지 못한다. 새벽이 허공을 바라보면서 중얼거렸다.

"우리가 세상에 나갔을 때, 반항하지 못하게 하기 위해서야."

"⋯⋯."

"우리가 너희보다 세상에 기여했다, 그러니 더 누리는 것은 당연하다, 이 세상에 늦게 와서 아무것도 하지 않은 주제에 건방지게 윗사람들이 가진 것을 탐내지 마라⋯⋯. 그런 사고방식을 뼛속까지 새겨 넣어서 고분고분하게 만들려는 게 어른들의 진짜 목적인 거야. 아무도 출발선 자체가 불공평하다는 사실은 지적하지 않아. '우리는 너희에게 성인이 될 수 있는 기회를 충분히 줬다, 그런데 성인이 되는 데 실패한 것은 네 노력이 부족했기 때문이다.'라고 말하지. 성인권을 얻고 싶으면 바로 옆의 친구를 짓밟으라고 요구하면서 말이야."

그래, 그런 거였어. 캄캄한 어둠 속에 한 줄기 빛이 비치는 것처럼, 차가운 돌바닥에 나뒹구는 맨발의 이미지가 선명하게 떠올랐다. 새벽은 잠시 눈을 감았다. 칼날에 관통당한 것처럼 가슴이 꽉 죄어서 숨을 쉴 수가 없었다.

"내가 잘못 생각했어."

손끝이 차갑게 식는다. 웅웅거리는 소리가 귓속에 울린다. 싸늘하게 찾아드는 자각을 힘겹게 달래면서 새벽이 중얼거렸다.

"그런 식으로 하면 안 되는 거였는데."

좀 더 빨리 깨달았다면, 너를 잃지 않아도 되었을까?

"낙태가 왜 범죄가 아닌 줄 알아?"

홀린 듯이 듣고 있던 창우가 느닷없이 던져진 새벽의 질문에 놀라 움찔했다.

"뭐?"

"낙태 말이야. 태아를 지우는 거."

맥락을 알 수 없는 질문에 어리둥절해진 창우가 새벽을 물끄

114

러미 올려다보았다. 새벽이 말을 이었다.

"낳고 싶지 않다는 어른들의 의지나 사정이 태아의 목숨보다 우선시되기 때문이야. 똑같이 생명을 가진 인간인데도, 양쪽 입장이 충돌하는 경우 세상은 어른의 인권에 손을 들어 주는 거지. 태아는 인간으로서의 권리를 주장할 수 없는 거야. 아직 태어나지 않았으니까."

새벽이 텅 빈 손바닥을 내려다보았다. 아무것도 없는, 세상에 처음 올 때와 똑같이 그저 무력하기만 한 손. 하릴없이 늘어진 다섯 손가락을 모아, 손톱이 손바닥에 박힐 정도로 주먹을 꽉 쥐었다.

"우리도, 똑같아."

태어나려는 새는 자신의 알을 파괴해야만 한다.

알은 곧 세계다.

"우리는 아직 태어나지조차 못했어. 태어나고 싶다면, 세계를 파괴해야 해."

10

교무실

반성실에 감금당했던 악어가 다시 식당에 나타난 것은 이틀 후였다.

저녁 배식이 진행 중이었다. 악어 패거리는 항상 차지하는 식당의 안쪽 구석에 앉아 떠들고 있었다. 혼잡한 식당 안에서 그들이 있는 장소만 사람 없이 한산했다.

새벽은 배식을 받는 대신 그들을 향해 곧장 걸어갔다. 새벽의 접근을 눈치챈 소년이 앞을 막아섰다.

"야, 너 돌았냐? 감히 어딜 얼쩡대?"

식당이 조용해졌다. 모두의 시선이 새벽에게로 쏠렸다. 새벽이 딱딱하게 대꾸했다.

"비켜. 악어랑 할 얘기가 있어."

새벽을 막아선 소년이 코웃음을 쳤다.

"야, 얘가 머리 좀 맞더니 미쳤나 본데?"

다른 녀석들이 큭큭거리며 웃었다. 그 뒤에서 악어가 일어섰다. 반성실에서 나온 지 얼마 안 되었는데도 형형한 눈빛은 그대로였다.

"잘됐네. 나도 네놈에게 볼 일이 있었거든."

문이 쾅 닫혔다. 줄줄이 늘어선 소변기에서 나는 시큼한 냄새가 코끝을 찌른다. 화장실 안에는 새벽과 악어, 그리고 악어 패거리 네 명뿐이었다. 하나뿐인 감시 카메라는 고장 났고, 문 밖에서는 망을 보는 중이다. 완벽하게 고립된 새벽을 향해 패거리 중 하나가 손가락을 꺾으면서 나섰다.

"야."

악어의 낮은 목소리가 타일에 부딪혀 울렸다.

"그놈은 내 거야. 빠져 있어."

다가서던 소년이 우뚝 멈춰 섰다. 그 순간 새벽이 말했다.

"그래, 너흰 빠져. 난 악어에게 볼일이 있으니까."

사방에서 실소가 터져 나왔다. 소년 한 명이 어처구니가 없다는 듯이 대꾸했다.

"돌아이인 줄은 알았는데 이제 보니 완전 미쳤네. 야, 네까짓게 뭐 어쩌구 저째? 악어한테 볼일이 있다고?"

그러나 악어는 웃음기 없는 얼굴로 패거리에게 고갯짓했다.

"다 나가 있어."

"뭐?"

"미쳤냐?"

당황스러운 눈으로 올려다보는 소년들을 악어가 노려보았다. 결국 다른 아이들은 뭔가에 홀린 듯한 기분으로 새벽을 흘끔거리며 화장실 바깥으로 나갔다. 탕, 문이 약간 힘없는 소리를 내며 닫혔다.

악어가 이를 빠득 갈면서 주먹을 움켜쥐는 순간, 새벽이 입을 열었다.

"악어. 이오 건으로 너한테 할 얘기가 있어."

"씨팔, 닥쳐! 너 같은 새끼가 이오를 입에 올릴 자격이 있냐?"

적의로 가득한 악어의 눈을 응시하면서 새벽이 말을 이었다.

"이오를 위해서 하고 싶은 게 있어. 하지만 혼자선 안 돼. 네 도움이 필요해."

"네놈이 이오를 위해 할 수 있는 건 혀 깨물고 뒈지는 것뿐이야."

악어가 새벽을 노려보며 짓씹듯이 말했다. 새벽이 그 시선을 피해 고개를 떨구었다.

"그럴지도 몰라. 하지만 지금은 아니야."

새벽이 다시 얼굴을 들었다. 단호한 결의에 찬 눈빛이 악어를 향했다.

"복수할 거야. 이오를 위해서."

"복수라고? 누구에게?"

"학교에."

"학교?"

새벽이 고개를 끄덕였다.

"학교를 무너뜨리는 거야."

잠시 정적이 흘렀다. 이윽고 악어의 허탈한 웃음소리가 침묵을 깨뜨렸다. 기가 막히다는 듯이 웃던 악어는 팔짱을 끼고서 삐딱하게 새벽을 쳐다보았다.

"미친놈이라고 생각은 했지만, 이렇게까지 돌았으면 오히려 웃기는데. 이게 대체 무슨 개소리야?"

"학교는 이오의 죽음에 책임이 있어. 우리에게 턱없이 가혹한 조건을 내밀고, 그에 응하지 못하면 바로 내버리지. 심지어 상대평가야. 우리들 중 99프로는 정해진 운명을 받아들일 수밖에 없다고. 게다가 이제는 이오의 자살이 단순 사고사라고 주장하고 있어."

한 마디 한 마디를 꺼내면서, 새벽은 겨우 가라앉혔던 머릿속이 다시 뜨겁게 달아오르는 것을 느꼈다. 냉정하게 얘기해야 한다고 생각했지만 도저히 그럴 수가 없었다.

웬일로 얌전히 듣고 있는 악어를 향해 새벽이 울분을 터뜨렸다.

"이게 말이 돼? 교과로 도덕을 가르치는 주제에, 실제로는 옆의 친구를 밟고 올라서라고 부추기고 있어. 이 속에 있으면 모두가 패배자야. 그리고 서로를 저주하겠지. 이래선 아무것도 안 돼. 다 같이 살 길은 하나밖에 없어. 학교 자체를 부숴야 돼!"

"말은 잘하네."

새벽의 말을 듣던 악어의 입가에 조소가 번졌다.

"애완견 주제에."

"뭐?"

"십팔 년 동안 자기 부모한테 꼬리 치고 헤헤거리며 살다가, 결국 그 버릇 못 버리고 나한테 구걸하냐? 하긴, 부모 밑에서 배운 게 그것뿐이니 어쩌겠어."

새벽은 귀를 의심했다. 하마터면 목적도 처지도 잊고 악어를 한 대 칠 뻔했다.

"뭐야? 다시 한 번 말해 봐!"

"못할 것 같냐? 넌 개라고. 부모들이 꼬리 치는 거 보려고 키운 애완견."

"자식은 애완동물이 아냐. 우리 엄마랑 아빠는 날 사랑해서 키운 거라고!"

가까스로 분노를 누르며 대답하자 악어가 정색하며 반문했다.

"그래? 그럴까? 너, DNA 조작아동이라며? 네가 그런 예쁘장한 얼굴이 아니었어도, 사지가 늘씬하지 않았어도, 머리가 똑똑하지 않았어도 네 부모가 널 길렀을까? 처음부터 끝까지 자기 취향에 맞는 대로 널 조립해서 만든 거잖아."

말을 마친 악어가 빈정거리듯이 웃었다.

"하긴, 개는 맞춰서 만들진 않지. 개만도 못하네."

분한 나머지 눈시울마저 화끈해졌다. 새벽이 악어에게 거칠게 쏘아붙였다.

"그러는 너는? 너도 어른들이 주는 밥을 넙죽넙죽 받아먹으며 살아왔잖아. 저 혼자 자란 것처럼 착각하기는. 애들 몇 명 몰고 다니면서 학교 덕 안 보는 것처럼 위세 부리는데, 그냥 꼬리 내린 것 아냐?"

"뭐라고?"

악어의 미간이 일그러졌다.

"이 새끼가 진짜 미쳤나……!"

"그게 아니라면, 증명해 봐. 물어뜯을 이빨이 네게 정말로 있는지 없는지. 쓸데없이 폼 잡지 말고 싸울 각오나 해."

새벽이 악어를 무서운 눈으로 노려보았다. 그 시선을 받아치던 악어가 의미심장한 미소를 띠었다.

"각오가 안 된 건 너 같은데? 뭘 보고 네 말을 믿으라는 거야? 너야말로 증명해 보지그래? 수작 부리는 게 아니라는 걸."

"증명?"

121

"다음 시험에서 전 과목 빵점을 받아 봐."

새벽이 눈을 깜박였다.

"뭐라고?"

"못 들었냐? 전교 꼴찌를 하라고. 그러면 네 제안, 한번 생각해 볼 테니까."

새벽은 경악하는 얼굴을 숨기지도 못하고 악어를 마주 보았다.

지금 새벽은 1등급이고, 전교 일등이다. 이 성적을 줄곧 유지할 수 있다면 성인이 되는 것도 꿈이 아니다. 하지만 졸업까지이 년도 채 남지 않은 이 시점에서 전 과목 0점, 전교 꼴찌라는 기록이 남는다면 남은 시험을 아무리 잘 봐도 성인권을 획득하기는 어려워진다. 만회가 불가능하다.

즉, 악어는 새벽더러 성인권의 가능성을 포기하라고 요구한것이다.

새벽이 신음했다.

"무슨 그런, 말도 안 되는 소리를……."

"왜? 너, 학교에서 시키는 대로 안 하기로 했다며. 학교를 부술 거라며? 그럼 성인권 따윈 버려도 상관없잖아?"

말문이 막혔다. 움켜쥔 새벽의 주먹이 부르르 떨렸다. 여유만만하게 미소 짓는 저 얼굴이 이렇게까지 얄미워 보일 줄은 미처상상 못했다. 악어의 왼쪽 입꼬리가 그럴 줄 알았다는 듯이 치켜올라갔다.

"못하겠지?"

"……."

"그런 주제에 각오가 뭐 어쨌다고?"

악어가 획 하니 화장실에서 나갔다. 텅 빈 공간에 새벽 혼자 남겨졌다.

새벽은 너무 힘이 들어간 나머지 하얗게 질린 주먹을 폈다. 불시에 아픈 데를 찔린 느낌이었다.

악어의 말대로다. 악어와 새벽은 입장이 다르다. 9등급인 악어가 성인이 될 수 없다는 사실은 명백하다. 새벽도 그 이유 때문에 악어한테 접촉했으니까.

자신의 계획을 실행하려면 조력자가 필요하다는 것을 깨달은 순간, 새벽은 거부감을 느끼면서도 악어를 선택했다. 기득권층인 선도부가 이런 일에 가담할 리가 없다. 헤이즈 쪽은 아는 사람도 없는 데다 일을 저지를 계기가 없다. 하지만 악어는, 넘버즈의 폭군인 악어라면 이오의 죽음에 분노하고 있는 데다 성인권이 없어서 새삼스레 잃을 것도 없다. 그러니까 그나마 가장 적절한 조건을 갖춘 상대라고 생각했다.

그러나 오히려 문제는 새벽 자신이었다. 지금은 분노해서 펄펄 뛰지만, 마음만 먹으면 정식으로 성인권을 받아서 밖으로 나갈 수 있는 이상 새벽에겐 도망칠 구석이 있는 셈이다.

그런 녀석을 어떻게 믿겠느냐는 것이 악어의 지적이었다.

미처 눈치채지 못했지만, 가슴 한구석에 안이한 마음이 자리 잡고 있었음을 부정할 수가 없었다. 정말로 그런 생각이 털끝만치도 없다면 기꺼이 전교 꼴찌로 증명하겠다고 그 자리에서 대답했을 것이다. 그 나약함을 정확하게 파고든 악어에게 화가 치밀어 오르는 한편 수치스러웠다.

'하지만……'

그럼에도 불구하고, 지금 이 순간에도 새벽은 일등 자리를 포기하겠다고 말할 수가 없었다.

성인권이 없으면 수술을 피할 수가 없다. 그뿐만이 아니다. 등급이 떨어지면, 신관의 일인실에서 구관의 도미토리로 자리를 옮겨야 한다. 생활도 갑갑해지고, 식사도 부실해진다. 이오가 죽은 후 멈춘 아이들의 린치도 석차에서 약자가 되는 순간 부활할지 모른다.

게다가 그렇게까지 해서 성인권을 포기해도, 악어가 끝내 자신을 모른 척한다면?

'나더러 그 모든 위험을 감수하라는 거야?'

새벽은 저도 모르게 움켜쥔 주먹을 이로 깨물었다.

악어의 조건이 심술궂긴 해도 아주 터무니없는 게 아니라는 사실은 스스로도 알 수 있었다.

그런데도 선뜻 "예스"라고 말할 수 없는 자신이 오히려 악어보다 혐오스러웠다.

다시 시험 날이 돌아왔다.

언제나 그랬듯이, 랜덤으로 자리가 섞인 시험 대형으로 앉은 학생들 사이에는 살얼음 위를 걷는 것 같은 긴장감이 떠돌고 있었다. 새벽 또한 예외가 아니었다.

시험 때문에 긴장한 건 아니다. 시험은 더 이상 새벽에게 문제가 되지 않았다. 자기보다 높은 성적을 올릴 수 있는 녀석은 이 안에 없다는 것을 두 번에 걸쳐 확인했으니까.

'하지만……'

새벽은 이맛살을 찌푸리며 지끈대는 이마를 꾹꾹 눌렀다.

아직도 결정을 내릴 수가 없다. 악어가 내건 조건대로 이번 시험에서 전교 꼴등을 할 것인가, 아니면 계획을 포기하고 이대로 일등을 사수하며 성인권을 획득할 것인가. 결코 쉬운 문제가 아니다.

'악어를 믿을 수 있어?'

새벽은 스스로에게 수백 번도 더 던졌던 질문을 다시 한 번 되물었다.

가장 큰 고민거리는 그것이었다. 악어는 새벽에게 믿음의 증거를 요구한 주제에, 그것도 '네가 꼴등을 한다면 한번 생각해 보겠다'고만 말한 주제에 자신의 신뢰성을 새벽에게 증명할 만한 것은 하나도 내놓지 않았다. '싫으면 관둬'라는 식이다. 그러니 그 덩치 크고 힘만 센 혼혈 깡패를 무슨 수로 믿는다는 말인가.

스피커에서 딱딱한 목소리가 흘러나왔다.

「시험 시작까지 십 초 남았습니다.」

가상 화면에 시험 시작 십 초를 앞둔 카운트다운이 떠올랐다. 새벽은 깍지 낀 양손에 이마를 가져다 댔다. 몇 번째일지 모를 한숨을 쉰다.

'역시, 무리야. 안 되겠어. 너무 위험해.'

그렇게 결심한 새벽이 고개를 들고 가상 화면에 집중하려 했을 때였다.

한 줄 앞으로 대각선인 자리에 낯익은 얼굴이 보였다. 갸름한 얼굴선에 가늘고 긴 눈매. 새벽이 흠칫했다.

그 녀석이었다. 이오의 룸메이트. 전교 이 등.

찬물을 뒤집어쓴 것처럼 전신의 피가 식었다. 이오가 떨어져 죽은 그날, 한밤중 세면장에서 그와 마주쳤던 순간이 선명하게 떠올랐다. 이쪽을 바라보는 시선, 목소리, 말투까지.

— 그거 잃어버리긴 싫으니까, 비성년자로 비참하게 살긴 싫으니까 공부한 거 아니야? 누가 너 대신 잘리고서 불구가 된대도, 백 년도 못 살고 죽는대도 상관없었지? 그게 설령 이오라고 해도 양보할 생각 없었잖아?

— 내가 미친놈이라면, 넌 살인자 아냐?

심장이 펄떡거렸다. 새벽은 어금니를 사리물며 그의 옆얼굴을 노려보았다. 꽉 움켜쥔 주먹에 파랗게 핏줄이 돋았다. 하마터

126

면 시험 시작 직전인 교실에 대고 고함을 지를 뻔했다. 지금 당장 온 힘을 다해 저 녀석이 내뱉은 말을 부정하고 싶었다.

삑! 카운트다운 종료음이 울렸다. 교실 안에 앉아 있는 학생들이 일제히 꿈틀했다.

새벽은 오른손을 쥐었다 펴며 심호흡한 뒤 시험 화면을 노려보았다. 시험 응시 거부는 인정되지 않기 때문에, 꼴찌가 되기 위해 아예 답안을 선택하지 않는 방식은 불가능하다. 죄다 오답을 맞히는 수밖에 없다.

새하얗게 물든 머릿속에서 불꽃같은 분노가 피어올랐다.

도저히 용서할 수가 없었다.

그날, 난 너와 다르다고 말하지 못했던 자신을.

해가 저물기 시작할 무렵 모든 시험이 끝났다. 머릿속이 멍하다. 새벽은 안 움직이는 다리를 억지로 끌어당겨 연생장으로 내려갔다. 먼저 내려온 아이들이 여기저기 모여서 웅성거리고 있었다. 그곳에 자신의 이름이 없을 것을 알면서도, 새벽은 고개를 들어 맨 왼쪽 위에 새겨지는 일 등 자리부터 살폈다.

그 자리에는 '최지원'이라는 이름이 걸려 있었다.

그 실눈 녀석, 헤이즈였구나. 새벽은 멍하니 생각했다. 그러고 보니 이제까지 이름을 모르고 있었다. 알고 싶지도 않았지만.

수군대는 소리가 등 뒤에서 들려왔다.

"어? 지원이 일등이야? 어떻게? 만년 이 등이."

"그 등록아동, 일등은 어디 갔어? 이십 위권 내에 이름이 없는데?"

"시험을 도대체 얼마나 망친 거야?"

그제야 새벽은 천천히 시험 순위를 따라 오른쪽으로 걸어갔다. 하위 등급인 학생들은 아예 자기 성적을 보려고도 하지 않기 때문에, 시험 결과를 확인하러 온 아이들로 붐비는 왼쪽 영역과 달리 연생장의 오른쪽은 한산했다. 화면의 가장 오른쪽 맨 아래에서, 새벽은 익숙한 이름을 찾아냈다.

문도새벽 O점

가슴 밑바닥에서 쓰디쓴 자각이 밀물처럼 들어찼다.

아아, 저질러 버렸구나.

왠지 현실감이 없었다. 전부 악몽인 것만 같았다. 어디서부터가 악몽일까? 학교에 복수를 꿈꾼 데서부터? 이오가 죽었을 때부터? 아니면 여기 끌려온 순간부터?

새벽이 서 있는 곳으로 따라와 순위를 확인한 아이들이 떠드는 소리가 한없이 멀게만 들렸다. 세상에 홀로 던져진 것 같은 공허함에 휩싸인 채, 새벽은 물끄러미 자기 이름을 응시했다.

누군가가 어깨를 두드렸다. 돌아보니 경비 로봇인 세이버가

서 있었다. 그로부터 깔끔한 여성의 음성이 흘러나왔다.

"등록번호 0037239-4824601. 지금 바로 교무실로 와 주세요."

심장이 덜컹했다. 무슨 일이지? 꼴찌 한 것 때문에 그러나?

전교 일등이 하루아침에 갑자기 바보가 되었다고는 아무도 믿지 않을 테니, 일부러 그랬다는 것은 어린아이도 짐작할 수 있을 것이다. 하지만 그 때문에 자신을 교무실로 불러내서 할 말이 무엇일지는 상상하기 어려웠다.

새벽은 세이버를 따라 관리동으로 들어갔다. 얼마 전 악어에게 얻어맞고서 의료실에 들른 이래 처음 가 보는 관리동이었다. 엘리베이터를 타고 올라가 안내 받은 방 앞에 서자 자동문이 가벼운 소리를 내며 열렸다.

"오, 왔냐. 앉아라."

안에서 기다리고 있던 교사가 자리를 권했다. 오며 가며 몇 번 본 얼굴이었다.

'교사'지만 이들이 수업을 진행하는 건 아니다. 수업은 학습 컴퓨터와 일대일로 진행되고, 교사들은 학교 전반의 생활지도를 담당한다. 열두어 명 정도 되는 교사들로는 천 명에 가까운 전체 학생을 관리하는 게 불가능하기 때문에, 발찌와 경비 로봇이 관리와 치안 기능을 나누어 맡는다.

수틀리면 학생에게 폭력을 휘두르는 교사도 있었지만, 지금 눈앞에 있는 교사는 그런 타입은 아닌 듯했다. 온화한 미소가 그의 얼굴에 떠올라 있었다.

"내가 왜 불렀는지 알겠니?"

"대충은⋯⋯."

"그래. 이번 시험 성적을 보고 무척 놀랐다."

단도직입적으로 이야기를 꺼낸 것치고는 말투가 느릿느릿했다. 새벽은 속이 약간 메슥거리는 것을 느꼈다.

"시험 볼 때 무슨 문제라도 있었니? 기계 오류라든가⋯⋯."

"아닙니다, 아무 문제도 없었습니다."

"그래? 그럼 왜 이렇게 터무니없는 점수가 나왔지? 네가 쓴 기기에 뭔가 문제가 있었던 게 아닐까? 짐작 가는 데 없니?"

순간, 새벽은 '그런 게 아닐까요?'라고 맞장구치고픈 충동을 억누르기 위해 손톱이 손바닥에 박히도록 주먹을 그러쥐었다. 그리고 절반은 허세로, 나머지 반은 될 대로 되라는 심정으로 내뱉듯이 대답했다.

"전산망은 멀쩡합니다."

교사가 놀란 눈으로 새벽을 쳐다보았다. 새벽은 두 손을 무릎 위에 얹은 채 시선을 떨어뜨렸다. 머리 위에서 교사의 질문이 들려왔다.

"일부러 오답을 선택했단 말이니?"

"⋯⋯."

"고의로 빵점을 받았다고? 왜 그런 짓을?"

교사가 대답을 재촉했지만, 새벽은 더 이상 아무 말도 하지 않았다. 할 말도 없었다.

요구한 것은 악어지만, 선택한 것은 자신이다. 대형 사고를 쳐 버린 지금, 이제 와서 후회해 봤자 되돌릴 수는 없다. 이왕 저지른 거, 적어도 비굴해지기는 싫다는 마지막 오기가 새벽을 지탱하고 있었다.

"하아…… 이것 참. 항상 만점인 걸 보고 생각했지만, 너도 여간 엉뚱한 녀석이 아니구나."

교사가 그렇게 말하면서 슥슥 머리를 문지르더니 담배를 한 개비 꺼내 들어 물었다. 연기를 깊게 빨아들인 교사가 입을 열었다.

"새벽아."

자못 친근하게 부르는 말투에 거부감이 들었지만, 새벽은 잠자코 대답했다.

"네."

"이번 일은 묻어 두면 어떻겠니?"

"……예?"

"진작에 알았다면 연생장에 등수 개시하는 걸 좀 미뤘을 텐데, 저건 시험이 끝나자마자 자동으로 뜨는 거라서 말이야……. 괜찮아, 괜찮아. 전산망에 잠깐 오류가 있었다고 하면 되니까."

"저, 무슨 말씀이신지……."

"네 이번 점수, 없던 일로 하자는 말이다."

이번에야말로 화들짝 놀란 새벽이 복부를 세게 맞은 권투 선수처럼 입을 멍하니 벌렸다.

"예?"

"네가 태어날 때부터 다른 아이들보다 뛰어나다는 건 누구나 다 알고 있는 사실이야. 그런데 빵점이라니, 그걸 누가 납득하겠니? 차라리 전산망이 잠깐 삐끗했다는 쪽이 설득력 있겠지."

"잠깐만요. 재시험을 보라는 말씀이십니까?"

"재시험은 무슨. 네가 본 실력을 발휘했으면 500점 만점이었을 거라는 사실은 다들 알잖아? 의도한 0점은 아무나 받는 건 줄 아니?"

생각지도 못한 폭탄 발언에, 그야말로 입을 다물 수 없을 정도로 경악한 새벽은 망연자실해서 상대를 바라보았다.

이 사람은 지금 자신이 무슨 말을 하는지 알고 있기나 한 건가?

시험 성적을 조작하겠다는 얘기다. 아이들이 어떻게든 1점이라도 올려 보겠다고 온 정신과 체력을 쏟아붓는 그 시험을. 성인이 되어 인간답게 살아 보겠다는 소망 때문에, 몇 퍼센트 선발될지 알지도 못하는 상황에서, 옆 사람 머리를 짓밟는 아비규환에서 이긴 자만이 손에 넣는 대가. 그 모든 염원과 욕망의 결정체인 성적이, 다른 사람도 아니고 그걸 관리하는 사람 입에서 이리도 쉽게 바보 취급 당하다니.

꼴등을 할 것이냐 말 것이냐를 놓고 그토록 고민했던 시간들이 갑자기 허무하게 느껴졌다. 급속도로 차갑게 식는 머릿속에 새로운 의문이 떠올랐다.

왜……?

"원래 이러면 안 되는 거지만, 너 같은 인재가 성인권을 놓치는 것은 국가적인 손실이니까 특별히 기회를 주는 거야. 원래 천재들이란 가끔 엉뚱한 일탈을 하고 싶어 하는 법이거든. 내가 오랫동안 애들을 봐 와서 잘 알아요."

조용해진 새벽 앞에서 교사의 일장연설이 펼쳐졌지만, 새벽은 전혀 듣고 있지 않았다. 방금 떠오른 의문을 놓치지 않으려고 내면에 집중하는 것만으로도 벅찼기 때문이다.

왜 나에게 이런 제안을 하는 걸까?

예전이었다면, 아니 불과 한 달 전 이오가 살아 있을 때였다면 교사의 말을 곧이곧대로 믿었을지 모른다. 천재라서 특별 대우를 받는 것이라는 말에 우쭐했을 수도 있다.

그러나 이제는 안다. 이 교육은 소위 '인재'를 길러 내기 위한 것이 아니라는 사실을. 세상은 더 이상 신세대를 필요로 하지 않는다. 인정받는 신세대는 자식세를 완납한, 지원하고 사랑해 줄 부유한 부모를 가진 인류의 적자뿐이다. 그 외의 아이들은 기존

세대에 반항하지 못하도록 뼛속까지 세뇌당한 채 미끼로 주어진 성인권을 향해 달려가는 것 외에 다른 도리가 없다.

그 순간, 모종의 확신이 번개 치듯 뇌리를 비추었다.

'성인권이야.'

그렇기 때문에 성인권은 가치 있는 대가여야 한다. 모든 것을 다 희생하고, 친구를 죽여서라도 쟁취할 만하다고 인정받는 무언가여야 한다. 그 사실에 의문을 품으면 이 체제가 성립될 수 없다. 그런데 그걸 감히 고의로 차 버리다니. 그것도 전교생이 보는 앞에서.

새벽은 가슴을 움켜쥐었다. 조금 전까지 싸늘히 식어 있던 심장이 미친 망아지마냥 쿵쾅쿵쾅 뛰기 시작했다. 세상의 비밀을 엿본 듯한 흥분에 사로잡힌 두뇌가 파열될 것처럼 뜨겁게 달아올랐다.

상대의 변화를 눈치채지 못한 채 온갖 감언이설을 늘어놓고 있는 교사를, 새벽은 더없이 차가운 시선으로 바라보았다.

당신들은 두려워하고 있는 거야. 이 반항이 아이들 눈에 어떻게 비칠지. 그토록 철저하게 지켜 온 체제에 약간이라도 균열이 가는 걸 용납할 수 없는 거지. 그래서 나를 회유하려 하는 거고. 전산망의 오류라며, 기기의 실수라며. 고의로 성인권을 내던지는 미친 녀석 같은 게 세상에 있을 리가 없지 않느냐고 주장하기 위해서.

왠지 악어의 얼굴이 떠올랐다.

정말 싫은 놈이고, 여전히 맘에 안 들지만, 지금 이 순간만은 그 살벌한 시선이 그립게 느껴질 지경이었다.

다행이야. 내 선택은 틀리지 않았어.

"말씀은 감사합니다만."

끝없이 이어지는 교사의 장광설을 새벽이 딱 잘랐다.

"지금 이대로 괜찮습니다."

새벽이 단호하게 말하자, 교사가 입을 쩍 벌렸다. 있을 수 없는 말을 들었다는 듯, 금붕어처럼 입을 뻐끔뻐끔거리던 그가 겨우 반문했다.

"뭐라고……?"

"저는 이번 시험에서 빵점을 받았습니다. 그 사실에 이의 없습니다."

다시 한번 대답하자, 믿을 수 없다는 표정이던 교사의 얼굴이 갑자기 돌변했다. 방금 전까지 그토록 느슨해 보이던 사람과 동일 인물이라고 생각하기 어려울 정도로 사나운 모습이었다. 그가 얼음장처럼 차가운 말투로 물었다.

"진심이냐?"

"예."

"정말이지? 후회하기 없기다."

실례하겠습니다, 하고 인사를 마친 새벽은 소파에서 일어나

문으로 향했다. 뒤통수에 날아와 꽂히는 면도날 같은 시선이 온몸으로 느껴졌다. 자동문이 등 뒤에서 닫혔다.

새벽은 숨을 깊게 들이마셨다가 내쉰 뒤 걷기 시작했다.

식당 안으로 들어가자 사방에서 묘한 시선이 쏟아졌다. 넘버즈와 헤이즈 양쪽에서 주목받는 것은 어제오늘 일이 아니지만, 분위기가 예전과는 달랐다.

전에는 등록아동이라고 경원시하거나, 노골적으로 조롱하거나, 약자라고 깔보면서 시비를 걸곤 했다. 그런데 지금은 새벽을 곁눈질로 힐끔힐끔 쳐다보면서 저희들끼리 뭐라고 속닥거렸다. 그러다 새벽과 눈이라도 마주칠 것 같으면 황급히 시선을 돌렸다. 치명적인 전염병을 앓는 환자를 대하는 듯한 태도였다.

'뭐야, 완전 미친놈 취급이잖아.'

정체 모를 불안이 씁쓸하게 혀끝을 적셨다. 하지만 새벽은 그를 모른 척하며 곧장 안으로 걸어갔다. 악어와 패거리는 언제나처럼 식당 안쪽에서 저희들끼리 모여 있었다.

"악어."

새벽이 악어를 불렀다. 새벽만 보면 이빨을 드러내던 주변 패거리는 오늘따라 아무 제지도 하지 않았다. 중앙에 앉아 있던 악어가 귀찮다는 표정으로 고개를 들었다.

"뭐야."

"봤지?"

"뭐를."

새벽이 자신의 발찌를 가리켰다. 두 달 만에 노란색으로 되돌아온 발찌 액정이 선명하게 빛을 내뿜고 있었다.

"난 약속 지켰어. 그러니 이젠 네 차례야."

"약속이라니?"

악어가 영문을 모르겠다는 표정으로 고개를 갸웃했다. 불길하다. 새벽은 애써 태연한 목소리로 말을 이었다.

"약속했잖아. 내가 시험을……."

"착각하지 마."

악어의 서릿발 같은 음성이 새벽의 말허리를 잘랐다.

"생각해 본다고 했지, 받아들인다곤 안 했어. 건방지게 나한테 이래라저래라 요구할 생각이냐? 선택권은 너한테 있는 게 아냐. 나한테 있는 거지."

악어가 서늘한 미소를 지었다.

"그래서, 내가 생각해 봤는데."

새벽은 잠자코 이를 악물었다.

"역시 거절이야."

악어가 다리를 꼬면서 옆으로 비스듬하게 앉았다. 패거리가 킥킥대는 소리가 들려왔다. 악어가 비꼬듯이 말했다.

"그건 그렇고, 전교 일등에서 전교 꼴찌로 떨어진 기분은 어때? 그거 아무나 맛볼 수 있는 게 아니잖아? 응?"

새벽은 한마디 대꾸도 못하고 악어를 무섭게 노려보았다. 분노를 참느라 움켜쥔 주먹이 부들부들 떨렸다.

조금 떨어진 식탁에서 식사 중이던 새로운 전교 일등이 그런 새벽과 악어를 쏘아보고 있었다. 누군가가 그의 어깨를 툭 쳤다.

"야, 최지원!"

어깨를 맞은 소년, 지원이 시선을 돌렸다. 서노아가 주머니에 손을 찔러넣은 채 싱글싱글 웃고 있었다.

"전교 일등 먹은 거 축하한다."

"어…… 그래."

지원이 모호하게 대답하며 숟가락을 들었다. 노아가 옆자리에 앉으면서 말했다.

"진작에 이랬어야 하는데. 안 그래? 선도부장인 네가 톱이어야지, 재수 없는 등록아동이나 잘난 척하는 넘버즈 따위가 톱이니까 그동안 헤이즈 체면이 말이 아니었다고. 악어 자식, 어찌나 거들먹거리고 다니던지…… 꼴좋다!"

"야, 서노아."

뭔가를 곰곰이 생각하면서 노아의 말을 듣고만 있던 지원이 갑자기 입을 열었다.

"쟤네 좀 이상하지 않냐?"

"누구?"

"악어네 애들."

지원이 그렇게 말하자, 노아가 힐끔 악어네와 새벽 쪽을 쳐다 보았다.

"글쎄? 새내기 손봐 주고 있는 거 아냐?"

지원이 불만족스러운 표정으로 국물을 후루룩 삼켰다. 그런 지원의 옆얼굴을 들여다보던 노아가 씨익 웃으면서 다시금 새 벽을 향해 눈을 돌렸다. 베일 듯이 예리한 시선이었다.

11

복도

「시험을 시작하겠습니다.」

가상 화면이 켜졌다. 문제들이 차례차례 떠오른다. 1번 문제의 답은 4번, 2번 문제의 답은 2번. 오지선다의 문항들을 손가락으로 찍는다.

언제부터인가 손가락이 내리찍는 것은 답이 아니라 눈이다. 나를 바라보는 눈, 눈, 눈.

그만둬. 그런 눈으로 나를 보지 마. 보이지 않는 시선들로부터 달아나려는 것처럼 눈동자 하나하나를 필사적으로 찍어 눌렀다.

'네가 죽인 거야.'

낯익은 목소리다. 옥상 끄트머리에 이오가 서 있다. 눈과 눈이 마주쳤다고 생각했다. 하지만 이오에겐 눈동자가 없다. 텅 빈 눈구멍에서 피눈물이 두 줄기 흘러내린다. 그 뒤로 펼쳐진 밤하늘은 빛나는 눈동자들로 가득 차 있다. 어둠에 매달린 눈구멍이 심판자처럼 지상을 내려다본다.

고개를 저으며 뒤로 물러선다. 등 뒤의 누군가가 목젖에 칼날을 들이댄다. 숟가락을 갈아서 만든 날붙이가 믿기지 않을 만큼 예리한 빛을 발한다.

'네가 죽었어야 했는데.'

소리치고 싶다. 항변하려 한다. 하지만 하늘에서 노려보는 눈동자들, 이오의 피눈물, 증오에 찬 악어의 목소리 때문에 몸이 꼼짝도 하지 않는다. 숨을 쉴 수가 없다. 심장이 돌처럼 딱딱하게, 그리고 차갑게 식어 간다.

질식할 것 같은 의식 속에서 새벽은 간절하게 외쳤다.

제발 — 누구라도 좋으니까 나에게 —

"야, 야! 정신 좀 차려 봐!"

누군가가 어깨를 잡고 흔들었다. 새벽은 물속에서 탈출한 사람처럼 헉헉거리며 눈을 떴다. 순간 여기가 어딘지 분간이 되질 않았다. 새카만 어둠이 그를 맞이한다. 암흑 속에서 자신을 노려보던 눈동자들은 사라지고 없었다.

다시 누군가의 목소리가 들렸다.

"잠 깼냐?"

그제야 새벽은 자신이 구관 도미토리의 침대 위에 누워 있다는 사실을 깨달았다. 밤이 깊었는지 방 안은 고요했다. 복도 쪽 침대에서 이 가는 소리가 들려왔다. 새벽은 거친 호흡을 고르면서 가슴을 움켜쥐었다.

꿈이었다. 끔찍한 꿈.

아예 이 모든 게 전부 꿈이라면 좋았을 텐데.

새벽을 깨운 룸메이트가 다시 속삭였다.

"괜찮아? 악몽 꾸는 것 같아서 일단 깨웠어."

"……고마워."

새벽이 간신히 고개를 끄덕였다. 룸메이트가 쩝 입맛을 다시더니 화장실로 향했다. 새벽은 얼굴을 쓸어 올리면서 숨을 토해냈다. 이마에 땀이 흥건했다.

화장실에서 돌아온 룸메이트가 어둠 너머로 새벽에게 말을 걸었다.

"야. 나 하나 물어봐도 되냐?"

"뭔데?"

"너 대체 왜 올빵 맞은 거냐?"

새벽이 움찔했다. 룸메이트가 궁금해 죽겠다는 듯이 말했다.

"전교생이 그 얘기뿐이라고. 전산 오류라는 말부터, 네가 드디어 미친 거라는 얘기까지 온갖 소문이 다 돌아다닌다니까? 하지만 어떤 것도 이거다 싶은 해답이 아니란 말이지. 누구는 네가 일부러 그런 거라고 우기던데, 말이 되냐? 그거나 미쳤다는 소리나 똑같지. 근데 미친 걸로 치자니, 또 너무 멀쩡해 보이거든."

새벽이 피식 웃었다. 그가 새벽이 누워 있는 매트리스를 꾹꾹 누르면서 은근한 목소리로 추궁했다.

"그래서, 정답이 뭐야? 왜 그렇게 된 건데?"

"글쎄."

새벽은 환기창을 바라보았다. 철장 너머로 보이는 복도 천장에서 희미하게 전등이 빛났다.

"나도 모르겠어."

아침 조회가 끝났을 때, 새벽의 어깨를 누군가가 붙잡았다. 돌아보니 모르는 소년이 서 있었다. 그가 고개를 까딱했다.

"야, 좀 보자?"

소년은 혼자가 아니었다. 다른 아이들도 새벽을 둘러싸고 있었다. 선택의 여지가 없었다.

그들은 본관 화장실로 새벽을 데려갔다. 이곳 감시 카메라는 고장 났다던 악어 패거리의 말이 떠올랐다. 그래서 여기가 소위 불량아들의 아지트가 된 모양이다.

안에는 세 명이 더 있었다. 발찌 색깔은 모두 노란색과 주황색. 9등급과 8등급이고 체격이 좋다. 얼굴들이 낯선 걸 보니 악어 패거리는 아닌 모양이다.

그중에 아는 얼굴이 하나 끼어 있었다. 새벽이 눈썹을 치켜 올리자, 상대방도 그를 눈치챘는지 빙글빙글 웃었다. 서노아다.

"안녕? 오랜만이네, 문도새벽."

"나한테 무슨 볼일이야?"

새벽이 무뚝뚝하게 묻자 소년이 어깨를 으쓱했다.

"야, 야. 오랜만에 만났는데 서로 안부도 좀 묻고 그래야 하는 거 아니냐? 붙임성 없긴."

"만나기는 무슨. 네 친구들이 일방적으로 끌고 온 거잖아."

이 중에서 틀림없이 서노아가 리더다. 그렇다면 여기 있는 녀석들은 모두 헤이하이즈일 것이다.

패거리에게 둘러싸여 있는 노아는 악어처럼 무식하게 체격이 크지도 않고 세 보이지도 않았다. 하지만 어딘지 모르게 위험한 느낌이었다. 잘 갈린 나이프를 숨기고 있다가 태연하게 뒤를 찌를 것 같은 인상이랄까.

새벽이 굴하지 않고 쏘아보자 노아가 졌다는 듯이 어깨를 으쓱했다.

"좋아, 뭐. 바쁜가 본데 바로 본론으로 들어가지."

"그래 주면 고맙겠어."

"올빵 맞는 대가로 오공과 무슨 거래를 했지?"

예상하지 못한 화제에 동요한 새벽이 노아의 얼굴을 뚫어져라 쳐다보았다. 노아가 능글맞게 웃었다.

"그만한 일을 아무 이유도 없이 저질렀을 리가 없잖아? 분명 뭔가 있었겠지. 그리고 그 상대가 누구일지는 누구누구랑 접촉하는지 보면 알 수 있고. 사실 누구누구랄 것도 없었지만 말이야."

노아가 킥킥대더니 놀리듯이 말했다.

"너 친구 없더라? 불쌍하게스리."

"냅둬."

내뱉듯이 대꾸한 새벽은 경계심 어린 눈으로 노아를 보았다.

"그걸 왜 묻는데?"

"글쎄다. 가령……."

노아가 턱을 만지작거리더니 말했다.

"내가 좀 도와줄 수도 있고."

"네가 뭘 안다고……."

"거래, 파토 났지?"

새벽이 노아를 노려보았다. 노아가 핀잔 주듯이 말했다.

"그렇게 죽을상을 하고 다니는데 일이 잘됐을 리가 있겠냐? 뭔진 몰라도 오공이랑 결렬된 거지. 문제는."

내내 장난기 넘치던 노아의 표정이 슬몃 진지해졌다.

"대체 무슨 얘기를 했길래 그런 미친 짓을 저질렀는가 하는 점이야. 그게 아주 신경쓰이거든."

노아가 팔을 들어 올렸다.

"오공이가 할 수 있는 거라고 해 봤자, 사실 별거 없거든? 그냥 싸움 좀 잘하고, 쪽수 좀 많은 것뿐이지. 그게 뭐 대단하냐?
우리도 그 정돈 다 해."

"……."

"게다가 우린 넘버즈랑 달리, 선도부에도 줄이 있걸랑."

어슴푸레한 화장실 안에서 그의 눈이 야생동물처럼 빛났다.

"그러니까 우리랑 손잡는 건 어때?"

새벽은 대답 없이 노아를 물끄러미 바라보았다. 노아가 다시
미소 지었다. 한기가 느껴지는 미소였다.

소문에는 발이 달려 있다고들 하지만, 시커먼 사내놈들만 갇
혀 있는 학교 안에서는 소문의 속도가 세 배 정도 빨라지는 것
같다.

자습 시간은 언제나처럼 밤 10시에 끝났다. 숙소로 돌아가려
고 복도를 걷고 있는데, 갑자기 양쪽에서 사내 두 놈이 달려들더
니 새벽을 화장실 안으로 밀어 넣었다. 무슨 일이 일어난 건지
정신을 차리기도 전에, 어둠 속에서 악어의 음침한 목소리가 들
려왔다.

"야, 애완견."

새벽은 두려움보다는 짜증이 먼저 치밀었다. 자신을 속인 악
어에 대한 분노가 아직 가라앉지 않은 탓이다.

이것들이 날 뭘로 보고 맨날 오라 가라야? 소년들에게 어깨

를 붙들린 새벽은 묵묵히 악어를 쏘아보았다.

"헤이즈 놈들이랑 무슨 얘기 했어?"

"그게 너랑 무슨 상관…… 컥!"

갑자기 명치로 발길질이 날아왔다. 숨이 턱 막혔다. 배를 감싸 쥐고서 쿨럭거리며 그 자리에 주저앉는 새벽에게 악어가 을러 댔다.

"이쪽이 안 되면 바로 적한테 붙는다, 이거냐? 이런 창녀 같은 새끼, 어디서 부끄러운 줄도 모르고 몸을 팔고 다녀?"

"쿨럭, 그러면, 그러는 너는…… 뭔데? 네가 무슨 내 구남친이 라도 되냐?"

새벽은 헉헉거리면서도 악어의 말을 받아쳤다. 쯧 하고 혀를 찬 악어가 새벽의 멱살을 잡아 끌어 올렸다. 야수 같은 눈동자가 새벽을 잡아먹을 듯이 노려보았다.

"네 계획인지 뭔지, 그걸 헤이즈 놈들더러 하자고 했냐?"

"했으면, 어쩔 건데?"

"두 번 다시 창녀짓 못하도록 그 잘난 얼굴을 박살 내 주지."

악어가 험악한 얼굴로 말했다. 그러나 새벽은 코웃음을 쳤다.

"그러시든가. 그래서 날 두들겨 패고, 서노아네랑 한판 뜨고, 선도부한테 잡히고, 세이버한테 전기 먹고, 전부 덤탱이 쓰고선 교사들한테 징벌 먹든지. 선도부는 헤이즈 편이라며? 이쪽 얘기 를 선생한테 호소해 줄 이오도 없는데, 헤이즈랑 정면으로 붙으면 지금 손해 보는 건 너네 아냐?"

악어가 당혹스러운 눈으로 새벽을 내려다보았다. 동요하는 표정이 어둠에 가려진 것이 악어 입장에서는 다행한 일이었다.

새벽이 내뱉듯이 말했다.

"말 안 했어."

"뭐?"

"아무 말도 안 했다고. 서노아한테."

그런 거 없다고, 착각이라고 노아에게 둘러치면서 몇 대 맞을 각오를 했다. 하지만 노아는 사근사근하게 웃으면서 마음이 바뀌면 언제든지 다시 오라고 대꾸했다. 주변 녀석들은 꽤나 험악한 표정을 짓고 있었지만.

악어의 손에 힘이 들어갔다. 멱살을 꽉 잡힌 탓에 숨이 막혔다. 새벽이 헐떡거리면서 말을 이었다.

"이건, 이오를 위한 거야. 그런데, 어떻게 그래."

멱살이 풀렸다. 새벽이 바닥으로 허물어졌다. 무릎을 꿇은 채로 콜록대는데, 얼음장처럼 싸늘한 악어의 목소리가 들렸다.

"그 더러운 입으로 이오 부르지 말라고 했지."

새벽은 숨을 들이쉬느라 아무 말도 꺼내지 못했다. 악어가 말했다.

"그만 꺼져. 앞으로 또 이런 일이 내 귀에 들어오면, 그땐 정말 죽는다."

악어가 화장실 출구 쪽으로 걸어갔다. 다른 패거리들도 돌아섰다. 그 뒷모습을 향해 새벽이 나오지 않는 목소리를 쥐어짰다.

"이제 그만 정신 좀 차려!"

"뭐야?"

악어가 돌아보면서 미간을 험상궂게 찌푸렸다.

"이 자식이, 이거 완전히 미쳤나……."

"진짜 적은 헤이즈 애들이 아냐. 선도부도 아니고. 우리끼리 편 갈라서 서로를 엿먹인다고 대체 뭐가 달라지냐, 이 멍청아! 어차피 졸업 날이 오면 전부 똑같은 처지잖아!"

삑, 잠시 찾아온 정적 속에서 욕설 경고음만이 흐릿하게 울렸다. 우뚝 선 채 듣고만 있던 악어가 다시 돌아오더니 새벽의 얼굴을 걷어찼다. 새벽이 윽 소리를 내면서 고꾸라졌다. 악어가 이를 빠득 갈면서 나직이 말했다.

"한 번만 더 그딴 소리 해 봐라, 엉?"

그렇게 말한 악어가 화장실 문을 열고서 나갔다. 다른 아이들도 그 뒤를 따랐다. 탕! 문이 닫히는 소리와 함께 새벽만이 홀로 남겨졌다. 바닥에 나동그라진 채 잠시 꼼짝도 않던 새벽이 벌러덩 드러누웠다. 등이 차가웠다. 더러운 냄새가 코를 찔렀다.

볼이 축축했다. 아무도 없어서 다행이다 싶었다. 모든 것을 가려 주는 어둠의 상냥한 마음 씀에 감사하며 새벽은 잠시 울었다.

12
연생장

아침 조회 시간이었다. 언제나처럼 연생장에 모인 학생들이 잠에서 덜 깬 눈을 비비며 훈화를 기다리는데, 스크린에 나타난 교장이 무척 딱딱한 표정을 짓고 말했다.

"오늘은 여러분에게 대단히 유감스러운 소식을 전하려 합니다."

다들 웅성이는 가운데, 스크린 한쪽 구석에 두 남학생의 얼굴이 떠올랐다.

"어제 교정에서 몰래 동성애적 표현을 하던 학생 두 명이 교사에게 적발되었습니다."

대열에 맞춰 서 있던 학생들이 일제히 탄성을 올렸다. 스크린에 비친 학생의 얼굴을 본 새벽은 그만 입이 딱 벌어졌다. 아는 얼굴이 끼어 있었던 것이다. 양쪽의 색이 다른 눈동자, 다름 아닌 한창우였다.

이어서 교내 감시 카메라에 찍힌 영상이 증거로 비춰졌다. 두 사람이 인적 없는 교정에 숨어서 키스하는 모습이 스크린에 떠올랐다. 학생들 사이에서 저질스러운 야유와 조롱이 쏟아졌다.

"야, 야, 쟤네 영화 찍는다 찍어."

"나도 한번만 빨게 해 주라!"

"미쳤냐? 사내자식 상대로 그 짓을 하게?"

다시 화면이 바뀌면서 교장이 나타났다.

"에~ 동성애는 더럽고 비정상적이고, 자연의 순리에 어긋나는 비생산적인 행위입니다. 우리 학교에서는 학생들에게 올바른 가치관과 성 정체성을 교육하기 위해 동성애를 엄격하게 금지하고 있습니다. 이 학생들에게는 합당한 처벌이 내려질 것입니다. 다시는 이런 일이 없도록 모두 함께 노력합시다."

갑작스러운 뉴스에 놀라 멀거니 서 있던 새벽의 머릿속에 확 불꽃이 튀었다.

강제로 비밀을 공개 당하고 조롱 당한 상황에서, 창우가 앞으로 학교에서 어떻게 지낼런지 상상만 해도 끔찍했다. 새벽에게 들켰다고 놀라 허둥대던 모습, 린치를 당했을 때 도와주던 손길, 본관 뒤에서 손목을 긋던 광경이 파노라마처럼 뇌리를 스쳐 지나갔다.

발이 멋대로 움직였다. 대열에서 뛰쳐나온 새벽이 강단을 향해 고함쳤다.

"동성애가 자연의 순리에 어긋나는 비생산적인 행위라고요? 어디가 그렇다는 겁니까?"

"뭐야 넌? 제자리로 안 돌아가?"

앞쪽에 선 교사가 우악스럽게 소리쳤지만, 새벽은 아랑곳하지 않고 말을 이었다.

"자손을 남길 수 없어서입니까? 그게 왜요!"

새벽은 오른 주먹으로 자신의 심장 위를 내리쳤다.

"어차피 우릴 그렇게 만들려 하잖아!"

"야, 저 자식 끌고 와!"

교사가 외치자 세이버가 아이들을 밀치며 새벽에게 다가왔다. 쥐 죽은 듯이 고요해진 연생장에 새벽의 외침만이 쩌렁쩌렁 울렸다.

"어차피 이성애도 허용하지 않으면서, 뭐가 올바른…… 윽!"

전신을 바늘로 찔러 대는 것 같은 고통이 옆구리에서부터 퍼져 나갔다. 다가선 세이버가 새벽에게 전기 충격을 가한 것이다. 비틀거리면서 쓰러진 새벽을 세이버가 붙잡아 올렸다. 새벽이 세이버에게 붙들려서 대열 밖으로 끌려 나가자 그제야 학생들이 술렁이기 시작했다.

누군가의 외침이 들린 것은 그때였다.

"호모가 불만이면, 우리한테 여자를 달라고!"

"그래! 올바른 성교육 좋아하네. 여자가 없는데 무슨 성교육?"

"우리도 시키면 사내놈은 싫다! 여자를 내놔!"

여기저기서 불퉁한 고함 소리가 터져 나왔다. 급기야 누군가가 장난스러운 목소리로 구호를 외치기 시작했다.

"여~자! 여~자! 여~자!"

금세 주변 학생들이 따라서 외쳤다.

"여~자! 여~자! 여~자!"

구호는 삽시간에 대형 전체로 번져 나갔다. 몇 초도 채 지나지 않아 전교생이 오른손을 쥐고 흔들면서 하늘을 향해 "여자!"라고 외치고 있었다. 학교가 무너질 것처럼 우렁찬 함성이었다.

세이버에 붙들려 앞으로 끌려 나온 새벽은 황당함과 당황함이 뒤섞인 심정으로 '여자'를 부르짖으며 일사불란하게 오른팔을 휘두르는 천 명가량의 사내 녀석을 바라보았다. 무슨 삼류 만화나 블랙코미디 영화의 한 장면 같았다. 그런 주제에 보는 사람이 할 말을 잃을 정도로 상대를 압도하는 박력과 기백이 있었다. 어처구니가 없어서 웃고 싶은 한편, 처음으로 모두가 같은 불만을 토로한다는 사실에 눈물이 나올 듯도 했다.

겨우 정신을 차린 교사 한 명이 마이크에 대고 외쳤다.

"야, 이 새끼들아! 그 입 못 닥쳐? 조용히 안 해?"

하지만 그의 고함은 천 명의 구호 앞에서 흔적도 없이 묻혀 버렸다. 계속 '여자'를 외치는 학생들을 보던 교사들은 저희들끼리 뭔가 의논하더니 관리동으로 달려갔다. 남은 교사들은 재차 으름장을 놓았다.

"이놈들, 당장 해산 안 하면 전원 벌점에 기합이다! 흩어져!"

"여~자! 여~자! 여~자!"

그러나 협박의 강도가 높아질수록, 소년들의 구호도 점점 더 거세어져 갔다. 반 장난처럼 시작했던 외침에 심상찮은 분노와 울분이 깃들 무렵, 그것이 터졌다.

퍼엉!

폭죽 같은 소리와 함께 연생장 전체에 뿌연 연기가 가득 찼다. 동시에 구호는 사라지고 쿨럭거리는 기침 소리와 거친 숨소리, 그리고 신음이 뒤를 따랐다. 진압용 최루가스였다. 학생들은 입을 손으로 막은 채 어쩔 줄 몰라 하며 공기를 찾아 허우적거렸다.

"쿨럭…… 쿨럭! 뭐야, 이……. 커헉!"

가스를 들이마신 것은 새벽도 예외가 아니었다. 세이버에게 팔을 붙들린 탓에 입을 가리지도 못하고 속수무책으로 당할 수밖에 없었다. 맵고 따가운 나머지 눈 코 입에서 온갖 액체가 흘러나왔다.

학생들이 컥컥거리며 정신을 못 차리고 있는 가운데, 일제히 소집된 교내 세이버들이 연생장을 둘러쌌다. 스피커에서 의기

양양한 목소리가 들려왔다.

"야, 이 개새끼들아! 당장 안 일어서? 너네 오늘 잘 걸렸다. 간만에 땀 좀 흘려 볼까? 엉? 전원 엎드린다, 실시! 빨리 안 해? 하루 종일 뛰고 싶어?"

욕설을 퍼붓는 음성을 흘려들으며, 새벽은 세이버에게 붙들려 관리동으로 끌려갔다.

"서른하나, 서른둘…… 윽!"

숨넘어가는 목소리로 매질의 횟수를 세던 새벽이 바닥에 쓰러졌다. 엎드린 새벽의 엉덩이를 내리치던 사내가 손에 든 몽둥이를 옆으로 흩뿌렸다. 새벽이 처음 학교에 들어왔을 때 보았던 그 교사였다.

"이 자식아, 똑바로 안 대? 이 정도로 뻗을 놈이 아까는 그렇게 기세등등했냐? 엉?"

"염 선생, 그 정도로 하지? 애 잡겠다."

뒤에서 다른 교사가 다가왔다. 염 선생이라고 불린 교사가 그를 돌아보며 투덜거렸다.

"정 선생님은 너무 무르다구요. 한국 놈들은 맞아야 정신 차린단 말입니다."

"됐어, 그만하라고. 쟤도 반성실에서 머리 좀 식히면 나아지겠지."

정 선생이 바닥에 쓰러져서 헐떡대는 새벽의 얼굴을 들여다보았다. 그가 안됐다는 표정으로 새벽에게 말했다.

"이번 일은 네가 명백하게 선을 넘었다. 무슨 뜻인지 알지? 다시 이런 일이 생기면, 그땐 정말 어떻게 되어도 책임 못 진다."

새벽이 흐릿한 시선으로 그의 눈을 바라보았다. 정 선생이 몸을 일으키면서 말을 끝맺었다.

"모난 돌이 정 맞는다는 말이 왜 있는지 생각해라."

관리동 지하에 있는 반성실은 창고를 개조해서 만든 작은 독방이었다. 외부로 난 창문은 없고, 창살과 망이 이중으로 쳐진 복도창이 유일한 환기구였다. 때문에 복도등 외에는 불빛이 없었다. 시설이라곤 구석에 있는 변기가 전부였다. 습하고, 곰팡내가 나고, 어두웠다.

하반신이 도려낸 것처럼 아팠다. 아주 조금 까딱하려 해도 엄청난 통증이 밀려왔다. 새벽은 차가운 바닥에 엎드린 채 눈을 깜박였다. 어둠이 자신의 일부인 것처럼 느껴졌다. 아니, 자신이 어둠 그 자체인 것 같았다.

언젠가 옛날에, 지금과는 아주 다른 삶을 살았다는 사실이 믿겨지지 않았다.

'사실은 모두 다 꿈이었는지도 몰라.'

옛 기억을 떠올려 보려 했지만 너무나도 흐릿했다. 부모님과 웃으며 아침을 먹던 순간, 친구들과 놀면서 떠들었던 기억, 배를 타고 전 세계를 누비던 시간들이 자신의 것이 아니라 책이나 영화로 접한 이야기처럼 느껴졌다. 그마저도 오래된 사진처럼 색깔이 누렇게 바래 있었다.

새벽은 눈을 감았다. 암흑 저편에서 이오의 환영이 떠올랐다. 무섭지 않았다. 오히려 모든 것에서 해방된 그가 부러웠다.

'너도 곧 모든 걸 이해하게 될 거야.'

누가 한 말이었더라?

더 이상 아등바등하며 애쓰고 싶지 않았다. 그저 조용히 사라지고 싶었다.

이대로 죽을 수만 있다면. 이오처럼.

진심으로 그렇게 생각했다.

굉장히 오랫동안 갇혀 있었던 것 같은데, 반성실에서 나와 보니 만 하루밖에 지나지 않았다고 했다. 룸메이트들은 절뚝거리며 돌아온 새벽에게 아무런 말도 건네지 않았다. 새벽도 잠자코 수업에 들어갈 준비를 했다.

악어가 새벽을 불러낸 것은 그로부터 이틀이 지난 후였다. 다른 아이들은 알아서 자리를 비켰다. 화장실에는 두 사람밖에 없었다.

"지난번 제안, 받겠어."

악어가 무뚝뚝하게 말했다. 새벽은 그를 차가운 눈으로 쏘아

157

보았다.

"거절한다며."

"상황이 바뀌었어."

"이젠 내가 싫어."

"장난하냐, 이 자식아?"

악어가 으르대듯이 팔을 들어 올렸지만 새벽은 미동도 하지 않았다.

"이제 와서 나더러 뭘 어쩌라는 거야?"

"네가 꺼낸 얘기잖아."

"잊어버려. 처음부터 헛소리였다고. 그런 게 우리한테 가능할 리가……."

악어가 새벽의 옷깃을 잡고 확 끌어당겼다. 바싹 다가온 두 눈동자가 이글이글 불타고 있었다.

"착각하지 마, 애송아."

악어가 으르렁거렸다. 숨결이 뜨거웠다.

"네가 본 게 바닥인 양 착각하지 말라고. 가소로워서 못 봐주겠으니까. 밖에 살던 네가 뭘 알아? 몇 대 맞고 구른 걸 가지고, 평생 여기 갇혀 살아온 우리 앞에서 잘난 척할 생각이냐?"

새벽이 눈을 동그랗게 떴다. 악어가 어금니를 악물면서 말을 이었다.

"그래, 평생을 여기서 살았어. 그런데 그런 건 처음이었다고."

"그런 거?"

새벽이 멍하니 되물었다. 악어가 고개를 끄덕였다.

"모두가 똑같은 소리를 내는 거. 처음이었단 말이야. 그게 얼마나……."

악어가 잠시 입을 다물었다. 번득이던 눈동자가 흔들리더니 허공을 휘저었다. 할 말을 찾지 못해 당황하는 것 같았다.

"속이 후련했어. 숨 쉬는 느낌이 전혀 달랐다고. 하늘이 너무 넓어 보였어. 하늘은 항상 똑같은데, 그 순간에는 그게 우리 것처럼 느껴졌다니까."

약간 더듬거리면서 그렇게 말한 악어가 다시 새벽의 얼굴을 노려보았다.

"그때 그 기분을 다시 맛볼 수만 있다면, 뭐든지 할 거야."

새벽은 숨 쉬는 것도 잊고서 악어의 눈을 들여다보았다. 잠시라도 눈을 돌리면 잡아먹힐 것 같은, 그런 지독한 허기가 그의 시선 속에 있었다. 무엇 때문인지, 뭐가 모자란지도 모르는 채 소년의 평생을 지배해 왔을 굶주림.

새벽이 천천히 고개를 끄덕였다. 옷깃을 붙잡고 있던 악어의 손에서 힘이 풀렸다. 약간 비틀거리며 내려선 새벽이 악어를 올려다보았다. 악어가 시선을 돌리며 딴청을 부리더니 화장실 밖으로 나갔다.

오도카니 남겨진 새벽이 화장실 창문을 물끄러미 쳐다보았

159

다. 창살로 가로막힌 작디작은 사각 틀 너머로, 새의 검은 그림
자가 허공을 휙 가로지르며 날아갔다.

13

쓰레기실

자습 시간이 끝나고, 모두가 숙소로 돌아가 잘 준비를 시작할 무렵이었다. 교실과 세면장과 방을 왔다 갔다 하는 아이들로 부산한 틈을 노린 새벽이 본관 화장실로 들어섰다.

평소대로라면 학교 불량아들에게 점거되어 있을 화장실이 오늘 밤엔 조용했다. 안쪽 회벽에 기대선 악어가 양손을 주머니에 찔러 넣고서 문 쪽을 노려보고 있었다.

새벽이 문을 닫자 악어가 험상궂은 얼굴로 말했다.

"왜 둘이서 보자는 건데? 우리 애들이 들으면 안 될 거라도 있냐?"

"구체적인 계획도 없는데 괜히 여기저기에 알릴 필요는 없잖아. 새어 나갈 위험만 커지지. 꼭 도움이 필요할 때만 부르면 돼."

"계획이 없다고?"

악어의 미간에 굵은 주름이 잡혔다.

"장난해?"

"목표는 있어. 거기까지 도달하는 방법을 아직 모르겠다는 거지."

"네가 말하는 목표가 뭔데?"

"바깥 사람들에게 이곳의 상황을 알리고 도움을 청하는 거야."

새벽의 대답을 들은 악어가 순간 얼빠진 표정을 지었다. 그러더니 헛웃음을 치며 관자놀이를 짚었다.

"하, 하. 뭘 하려나 했더니, 고작 바깥 놈들한테 손 벌리겠다고? 맙소사, 너 같은 샌님의 얘기를 들어 보려 한 내가 미친놈이지."

"악어."

새벽의 고요한 목소리가 텅 빈 화장실에 울렸다.

"난 밖에 있었기 때문에 알아. 지금 이곳 상황은 너무도 비정상이야. 바깥 사람 누가 봐도 이상하다고, 잘못되었다고 생각할 거라고."

"우리를 여기 처넣은 게 바로 그놈들이잖아!"

악어가 새삼 분이 치미는지 기대선 벽을 왼 주먹으로 내려쳤다.

"우리가 죽든 살든 그놈들이 눈이라도 깜빡할 것 같아? 거지처럼 동정을 구걸해 봤자 아무 소용도 없다고!"

"아냐. 대다수는 이곳이 어떻게 돌아가는지, 언제 지어졌는지도 모르고 있을 거야. 내가 그랬으니까. 그러니까 우리는 그들에게 전해야 돼."

새벽이 분노로 타오르는 악어의 눈을 들여다보았다.

"이렇게 당하고도 가만히 있다면 동물과 다를 게 없어. 그러니까 말해야 돼. 여기 사람이 있다고, 당신과 똑같은 인간이라고. 그러면 반드시 우리를 도와주는 사람들이 외부에서 나타날 거야. 우리만으로는 학교를 칠 수 없어."

빠른 속도로 말을 뱉어 낸 새벽이 가볍게 한숨을 쉬었다.

"그러려면 매트릭스에 들어가야 돼."

"매트릭스? 그 가상공간 뭐시기 말이야?"

악어의 질문에 새벽이 고개를 끄덕였다.

"외부와 접촉하려면 그 길뿐이야. 그렇지만 여기서 어떻게 해야 매트릭스에 접속할 수 있을지 모르겠거든. 네 도움이 필요해."

이마에 팬 악어의 주름이 더더욱 깊어졌다.

"야, 보면 알 거 아냐? 사방에 쫙 깔린 몰카에, 둘러친 벽에, 추적 발찌까지. 스물네 시간 감시라고. 욕설도 맘대로 못하는 판에 매트릭스에 들어가겠다고? 꿈도 크다."

"꼭 그렇진 않아. 아무리 기기가 발달해도, 그걸 쓰는 건 결국 사람이니까. 사람에겐 반드시 빈틈이 있어."

새벽이 대답하자, 악어가 별 희한한 놈을 다 보겠다는 눈으로 새벽을 힐끔거렸다.

"학교의 감시 시스템은 어디서 관리하지?"

"알잖아? 관리동이지."

"관리동 내부는 어떤 식으로 되어 있어?"

"새꺄, 너도 몇 번 들어가 봤잖아?"

"들어가 봤댔자 반성실, 의료실, 학생 지도실이 다라고. 그걸로 뭘 알겠어? 뭐 좀 아는 거 없냐?"

"나라고 다르겠냐? 학생이 관리동에 들어가는 건 죽도록 얻어터질 때뿐이야. 거긴 교사들 영역이라고. 허가 없인 못 들어가."

"이건 어때? 꾀병을 부려서 의료실에 간 다음에 몰래 위층으로 올라가면……."

"꾀병으로 갈 수 있을 만큼 의료실이 호락호락한 줄 아냐? 그리고 관리동 안에도 몰카 있거든? 얼쩡거리다간 바로 걸릴걸."

악어가 투덜거리면서 주머니에 손을 넣었다. 새벽이 팔짱을 끼고서 화장실 안을 왔다 갔다 했다.

"뭔가 방법이 있을 거야. 관리동 안을 관찰할 방법이. 그것만 찾아내면…… 어?"

생각에 잠겨 있던 새벽이 놀라 멈춰 섰다. 악어가 그의 눈앞에서 당당히 담배를 물고 있었기 때문이다. 좀 짤막하긴 했지만 분명히 담배였다. 심지어 오른손에 라이터까지 들고서 막 불을 붙이려는 참이었다. 새벽의 입이 조금 벌어졌다.

담배? 아니, 담배라니? '성인도 아닌데 담배라니' 운운하며 잘난 척할 생각은 없지만, 여긴 학교 안이잖아? 학생 주제에 어떻게 담배를 갖고 있지?

몇 번 라이터를 튕기던 악어가 짜증난다는 듯이 중얼거렸다.

"망할. 딱 세 번 썼는데 벌써 오링 났네."

"아니 너, 그건 대체 어디서 난 거야?"

새벽이 묻자 악어가 별걸 다 묻는다는 말투로 대꾸했다.

"이거? 고물상한테서."

"고물상?"

새벽이 당황하거나 말거나, 라이터를 계속 튕기던 악어는 결국 차가운 담배와 라이터를 주머니에 쑤셔 넣었다. 새벽이 재차 물었다.

"학교 안에 고물상이 들어온다는 거야?"

"거참, 시끄럽네. 궁금하면 따라와. 지금 그리로 갈 거니까."

악어가 화장실 문을 열고 앞장서더니 구관으로 향했다. 새벽도 그 뒤를 쫓았다.

복도에서 시끌벅적 떠들던 아이들이 악어를 보고서 황급히 비켜섰다. 악어는 긴 다리로 휘적휘적 거침없이 계단을 오르더니 7등급 구역으로 향했다. 왼쪽 복도에 있는 방으로 들어선 악어가 누군가를 불렀다.

"어이, 고물상! 좀 보자."

새벽의 시선이 방 안을 향했다. 이 층 침대 다섯 개가 빼곡히 들어차 있는 도미토리의 바닥에 두 소년이 마주 보고 앉아 있었다. 주근깨투성이인 소년이 다른 소년의 귓불을 만지작거리며 주의 깊게 들여다보는 중이었다. 귓불을 잡힌 소년은 긴장했는지 어깨가 딱딱하게 굳어 있었다.

영문을 알 수 없는 상황에 당황한 새벽이 눈을 동그랗게 떴지만, 두 사람은 막 들어온 새벽과 악어에게 눈길도 주지 않았다. 다음 순간, 귓불을 잡힌 소년이 짧게 비명을 올렸다.

"아!"

"됐다."

귓불을 잡고 있던 소년이 손을 뗐다. 빨갛게 부어오른 귓불에 뭔가가 박혀 있었다. 그것이 귀걸이라는 것을 깨달은 새벽이 눈을 크게 떴다.

귀걸이라고? 이 안에서? 장신구는 예외 없이 금지 아니었나?

"자, 끝났어. 오늘은 귀에 물 묻히지 말고, 다음 주말이 바리캉 데이니까 그때는 빼라. 머리 깎일 때 귀걸이 하고 있으면 바로 걸린다. 그 정돈 알지?"

귀를 뚫어 준 주근깨 소년이 주의사항을 청산유수로 읊더니 귀걸이를 한 아이를 밖으로 내보냈다. 그러고 나서야 겨우 악어와 새벽에게로 돌아선 주근깨 소년은 큰 입을 벌리면서 웃어 보였다.

"뭔 일이야?"

악어가 그에게 라이터를 던졌다. 라이터를 잡아채서 받은 소년이 그것을 들여다보며 탁탁 두드렸다.

"떨어졌어. 다른 거."

악어가 심드렁한 목소리로 요구했다. 주근깨 소년이 이맛살을 찌푸렸다.

"아껴 쓰라고 했지?"

"아껴 썼어! 딱 세 번 불붙였다고."

"지금 라이터 들어온 게 없는데."

소년이 말하자 악어가 거만하게 두 손을 주머니에 찔러 넣었다.

"그런 거 난 모르겠고, 당장 불 내놔."

"으이구 자식, 점점 떼쓰는 거만 늘어 가지고……"

막무가내로 구는 악어더러 들으라는 듯이 투덜거리던 소년이 새벽을 쳐다보았다. 새벽은 자신을 바라보는 소년의 눈이 호기심으로 반짝거리는 것에 놀라 약간 몸을 뺐다.

"어? 쟤가 그거 맞지? 고의 빵점?"

새벽이 얼떨결에 고개를 끄덕였다. 주근깨 소년이 씨익 웃었다.

"흐음. 새 손님도 왔겠다, 좋은 걸 보여 주지."

소년은 자신의 침대에서 뭔가를 꺼냈다. 구겨진 조그만 은박지와 건전지 두 개였다. 얘는 이런 게 다 어디서 난 거지? 새벽은 황당한 얼굴로 은박지를 둘로 찢는 소년을 바라보았다.

"자자, 불 델 준비 하시고~."

그렇게 말한 소년이 은박지 위에 건전지를 두 개 세우고서 다른 쪽 은박지를 S형으로 잘라 건전지 위에 올렸다. 그 순간, 위에 올린 은박지 중앙에서 퍅 하고 튀는 소리가 나더니 불꽃이 일었다. 새벽의 눈이 휘둥그레졌다. 악어는 "오." 하고 짧은 감탄사를 내뱉더니 그 불에 담배를 가져다 댔다. 새벽은 그제야 악어의 담배가 새것이 아니라 반쯤 피우다 버린 꽁초라는 사실을 깨달았다.

소년이 악어를 향해 손사래를 쳤다.

"야, 나가서 펴. 우리 방 걸린다."

"에이 짜식, 소심하기는."

악어는 투덜대면서도 순순히 방문 밖으로 사라졌다. 새벽이 소년에게 물었다.

"너 이거 다 어디서 났어? 은박지에 건전지에…… 산 거야?"

소년이 웃으면서 어깨를 으쓱했다.

"그럴 리가. 주운 거야."

"줍다니?"

"관리동 지하에서."

"뭐?"

소년이 불타 버린 은박지를 치우면서 수다스럽게 입을 열었다.

"관리동 지하에 있는 쓰레기실이 내 담당이거든. 거기 쓰레기는 다 교사들이 버린 물건이잖아? 분리수거도 하고, 청소도 하고, 쓰레기차 오면 운반도 해 주고, 쓸 만한 물건이 있으면 주워 와서 재활용도 하고."

그제야 새벽은 이 소년에게 왜 '고물상'이라는 별명이 붙었는지 알 수 있었다.

"거기 쓸 만한 물건이 뭐가 있는데?"

"많지. 별거 별거 다 있어. 보물섬이지."

"그거 주워 와도 교사들이 뭐라 안 해?"

"바보야, 당연히 비밀이지. 괜찮아, 아무도 쓰레기에 관심 없거든. 안 들켜."

고물상이 짐짓 콧김을 뿜었다.

"어른들에겐 쓰레기라도 우리한텐 아냐. 모아 두면 반드시 쓸데가 있어. 학교 애들 중에 내 신세를 안 진 사람이 없단 말씀. 폐품 재활용으로는 날 따라올 놈이 없거든."

고물상이 열변을 토하면서 침대 아래로 몸을 숙였다. 그의 뒤통수에 대고 새벽이 물었다.

"그런데 청소 구역은 자기 맘대로 고를 수가 없잖아?"

"아, 그렇긴 한데 다들 쓰레기실 청소를 싫어해서 말야. 게다가 누가 내 사업을 탐낸대도, 악어가 뒤를 봐주니까 뺏길 염려 없어. 그 대신 난 악어가 원하는 걸 공급하는 거지. 웃차!"

고물상이 침대 아래에서 꺼낸 치킨 배달용 상자를 새벽 앞에서 자랑스럽게 펴 보였다. 가지런히 정리 정돈된 박스 안에 온갖 것들이 다 들어 있었다. 담배꽁초, 일회용 컵, 펜, 메모지, 면도날, 건전지, 페트병……

새벽이 상자에 시선을 빼앗긴 채로 물었다.

"사업이라고? 이게 사업이야?"

"그럼 시커먼 사내놈들이 뭐가 예쁘다고 내 수집품을 서비스하겠냐. 필요한 걸 가져가는 대신 내 생점을 벌어 주거나, 고기 반찬을 주거나 옷이나 시트를 빨아 주면 돼. 가는 정 오는 정, 오케이?"

"생점을 대신 벌어 준다고? 어떻게?"

"일하다가 마지막 순간에 나랑 교대해서 내 발찌로 검사받으면 돼. 그러면 가산점이 나한테 쌓이거든."

종이 상자를 닫고서 다시 침대 밑으로 밀어 넣은 고물상이 노래하는 것처럼 리듬감 있게 중얼거렸다.

"왜 다들 쓰레기를 싫어하는지 모르겠어. 쓰레기만큼 재밌는 것도 없는데."

새벽이 그의 얼굴을 쳐다보았다.

"쓰레기가 재밌다고?"

"그래. 쓰레기를 보면 그 주인이 보이거든. 생일이나 기념일, 마음속까지 말야. 뭐를 원하는지, 좋아하는지, 숨기는지, 전부 다."

"달력도 스케줄러도 축하 메시지도 디지털로 처리하는데, 어떻게 쓰레기로 그걸 알아?"

새벽이 묻자 고물상이 어깨를 으쓱했다.

"하지만 선물은 현물로 오잖아. 아무리 세상이 디지털화 되어도 사람을 디지털화 시킬 순 없다구. 뭘 먹었는지, 뭘 샀는지, 뭘 선물받았는지 쓰레기로 드러나게 되어 있어. 예를 들어 볼까? 우리 교장은 드립커피에 환장해. 전 세계 커피를 종류별로 다 모으더라구. 얼마 전에 커피콩 가는 기계도 새로 선물받았더라."

"영수증도 없을 텐데 그걸 어떻게 알아?"

"포장지 보면 알지. 바보냐? 머리 좀 써."

새벽은 끽 소리도 못하고 입을 다물었다.

그렇다, 관리동에도 사람이 산다. 그리고 그들이 생산하는 쓰레기는 그들의 온갖 개인정보를 웅변하고 있을 터였다. 이토록 명백한 사실을 왜 깨닫지 못했을까? '아무리 기기가 발달해도 그걸 쓰는 건 결국 사람이다'라고 악어에게 말했던 주제에, 스스로도 그게 무엇을 의미하는지를 모르고 있었다. 고물상의 설명이 이어질수록 감탄이 나왔고, 반면 자신이 바보처럼 느껴져서 한심스러웠다.

결국 새벽은 참지 못하고 그에게 물었다.

"그렇게 머리가 좋은데 왜 성적이 7등급이야?"

기분 나빠 할 줄 알았는데, 고물상은 개의치 않는 기색이었다. 오히려 싱글싱글 웃으며 대답했다.

"내가? 나 머리 나빠."

"말도 안 돼. 그럴 리가……"

"그건 그거고 이건 이거지. 학교 공부는 도무지 모르겠더라고. 괜찮아, 난 7등급에 머무르는 게 편해. 등급이 바뀌면 그때마다 이사 다녀야 하잖아. 이렇게 수집품이 많은데."

새벽은 새삼스럽게 감탄하는 눈으로 고물상을 바라보았다. 쓰레기 수집으로 인간을 꿰뚫어보고, 건전지와 은박지만으로 불을 붙이는 아이도 있다. 하지만 학교의 성적으로 계측되지 않는 재능인 탓에 열등생으로 낙인찍히고 영원히 비성년자로 살아야 한다.

"너 관리동에 자주 가겠구나?"

새벽이 묻자 고물상이 당연하지 않느냐는 눈으로 올려다보았다.

"여태까지 뭐 들었냐? 뭐, 자주 가지."

"나도 데려가 줘."

"뭐?"

갑작스러운 새벽의 말에 당황한 고물상이 눈을 끔벅거렸다. 새벽이 열성적인 목소리로 다시 말했다.

"나도 관리동 쓰레기실에 가 보고 싶어."

고물상이 뒤통수를 긁으면서 떨떠름하게 시선을 돌렸다.

"아니, 하지만 그게 내 맘대로 되나? 나랑 일하는 청소 당번은 정해져 있는데……."

"괜찮아."

등 뒤에서 굵직한 목소리가 들렸다. 새벽과 고물상이 뒤돌아보자, 팔짱을 낀 채 벽에 기대서 있던 악어가 손가락을 까딱거렸다.

"그놈한테는 내가 얘기하지. 누군데?"

악어가 나서서 '얘기'해 준 덕분에, 새벽은 손쉽게 고물상의 쓰레기실 파트너가 되었다.

저녁 식사 직후, 새벽은 고물상을 따라 관리동으로 향했다. 다른 학생들은 모두 본관에서 평소처럼 자습을 하고 있을 터였다.

관리동 현관에 도착한 고물상이 벨을 누르더니 말했다.

"청소하러 왔습다~."

자동문이 스르륵 열렸다. 이 안으로는 항상 끌려 들어가기만 했는데 자기 발로 들어가자니 묘한 기분이었다. 반면 고물상은 자기 집에 온 것처럼 가벼운 발걸음으로 비상계단을 내려갔다. 예전에 반성실로 갈 때 새벽이 내려갔던 길이다. 하지만 이번에는 왼쪽이 아니라 오른쪽 통로로 꺾어 들어갔다. 앞을 가로막고 있는 두꺼운 철문을 열자 넓은 공간이 펼쳐졌다. 한쪽 벽에는 커다란 상자와 포대자루들이 여러 개 늘어서 있었고, 반대편에는 청소 도구들이 걸려 있었다.

지독한 구린내에 당황한 새벽이 미간을 찡그리며 코를 막았다. 하지만 고물상은 거침없이 안으로 들어가더니 한쪽 구석에 있던 사물함을 열었다. 그러고는 안에서 작업복을 꺼내 새벽에게 던졌다.

"이거 입어!"

"응?"

"그럼 교복 입고 작업할래?"

노란색 작업복으로 갈아입은 새벽은 고물상을 뒤따라 커다란 운반용 카트를 끌고서 엘리베이터를 탔다. 우선 관리동 전체를 돌면서 쓰레기를 회수해야 한다. 두 사람은 의료실, 행정실, 학생 지도실, 상담실, 휴게실 등을 차례차례 돌았다.

"청소 왔습다~."

고물상이 중얼거리듯이 말하면서 조용히 교무실로 들어섰다.

교무실은 2층의 절반을 차지할 정도로 넓었다. 창가에는 화분이, 반대편에는 소파와 탁자가 놓여 있었다. 교사들은 소파나 책상 앞 의자에 앉아서 담배를 피우거나 매트릭스에 접속하거나 한담을 나누는 중이었다.

　　입구 반대편에는 학교 전체의 감시 영상을 담은 가상화면이 커다랗게 띄워져 있었다. 32분할 되어 있는 화면은 십 초에 한 번씩 도미노가 넘어지는 것처럼 번쩍이며 다른 장소의 카메라 영상으로 교체되었다. 감시 카메라는 온갖 곳을 다 비추고 있었다. 본관, 신관, 구관은 물론이고 관리동 내도 예외는 아니었다. 새벽은 쓰레기통을 만지작거리면서 감시 화면을 힐끔거렸다.

　　새벽이 가장 놀란 점은 누구도 그들을 주목하지 않는다는 사실이었다. 원래대로라면 여기 들어와서 안 되는 '감시 대상'이 바로 옆에서 일하고 있는데도, 마치 작업복이 투명 망토인 양 아무도 그들을 쳐다보지 않았다. 정말로 보이지 않는 건 아닐 테니 눈길을 주는 것 자체가 마뜩치 않은 모양이었다. 쳐다본다고 해서 쓰레기가 자기 얼굴에 달라붙을 것도 아닌데.

　　쓰레기를 회수해서 지하로 돌아온 새벽은 두 번째로 놀랐다. 정해진 물자 외엔 제공받지 못하는 학생들과 달리, 관리동 쓰레기 속에는 잡동사니긴 했지만 바깥세상의 온갖 물건들이 가득했다. 금지되어 있는 담배(꽁초지만)나 날붙이(유리 조각이지만) 같은 것도 구하기 어렵잖을 듯했다.

"이래선 금지 물품 입수가 너무 쉽지 않아? 관리동도 금지 구역이라더니, 넌 자주 들어온다며."

새벽이 묻자 고물상이 대답했다.

"응, 이게 원래는 학생한테 시키면 안 될 거야. 청소 용역을 쓰게 되어 있을걸. 돈 아끼려고 우릴 쓰는 거지 뭐."

쓰레기 더미를 뒤지면서 쓸 만한 걸 찾고 분리수거 하는 일은 흥미로운 체험이긴 했지만, 냄새는 여전히 지독했고 땀도 비 오듯 쏟아졌다. 새벽이 저려 오는 허리 때문에 기지개를 켜고 있을 때였다. 쓰레기를 뒤지던 고물상이 눈을 번뜩이더니 뭔가를 주워 올렸다.

"오, 오! 이건!"

푸들푸들 손을 떨던 고물상이 고함을 지르며 두 팔을 번쩍 들어 올렸다.

"아싸! 심 봤다!"

갑작스러운 고함에 놀란 새벽의 눈이 동그래졌다. 고물상은 어지간히도 기뻤는지 춤추듯 양발을 번갈아 들어 올리면서 들떠 날뛰고 있었다. 새벽이 그에게로 다가갔다.

"뭔데, 뭘 발견했는데 그래?"

고물상이 손에 든 작은 부품을 새벽에게 내밀었다. 그것을 들여다본 새벽이 고개를 갸우뚱거렸다.

"이게 뭐 어떻다고……? 그냥 고철로밖에 안 보이는데."

고물상이 큰 입을 벌리면서 의미심장하게 웃었다.

"후후후. 이걸 보고도 그런 말을 할 수 있을까?"

한달음에 쓰레기실 한구석의 사물함으로 달려간 그가 종이 상자 하나를 안고 돌아왔다. 고물상이 자신만만하게 상자를 펼쳤다. 온갖 잡동사니와 고철들이 그 안에서 뒹굴고 있었다.

찬찬히 그 안을 훑어보던 새벽이 그중 하나를 집어 올렸다. 새벽의 손가락에 딸려 올라온 것은 메탈 색으로 빛나는 작고 네모난 금속이었다. 새벽이 놀란 눈으로 중얼거렸다.

"맙소사, 이건 매트박스잖아!"

"이제 알았냐?"

고물상이 자랑스럽게 고개를 끄덕였다. 새벽이 다급하게 물었다.

"그럼 이걸로 매트릭스 접속도 할 수 있는 거야?"

"보다시피 멀쩡한 물건이잖냐?"

심장이 쿵쿵 뛰었다. 매트박스라니, 감히 꿈도 못 꾸던 물건이 튀어나왔다. 매트박스가 매트카드로 세대 교체된 지 벌써 십 년이 넘었지만, 아무리 구형이라 해도 엄연히 매트릭스 접속기다. 이걸 쓰면 매트릭스로 들어갈 수 있는 것이다. 그게 가능하다면, 외부와 소통할 수만 있다면 지금과는 상황이 완전히 달라진다.

새벽이 고물상에게 매달리듯이 말했다.

"나 이거 써도 돼?"

고물상이 활짝 웃었다.

"나도 아직 못 써 봤는데?"

"뭐?"

새벽이 한 대 맞은 듯한 표정을 지었다.

"멀쩡하다며?"

"이거는 멀쩡하지. 근데 충전기가 없잖아."

새벽은 아차 싶었다. 그런 당연한 사실도 생각지 못하고 흥분한 자신이 바보 같았다. 순식간에 김이 새려는 새벽을 향해 고물상이 말했다.

"오늘까진 말야."

"무슨 소리야?"

"그동안 충전기를 만들려고 필요한 부품을 주워 모으고 있었거든. 그런데, 아까 주운 부품 있잖아? 그게 바로 내내 들어오기를 고대하던 마지막 부품이었어."

"뭐? 그러면……."

고물상이 코끝을 슥슥 문질렀다.

"오늘 밤에 만들 거야, 충전기."

새벽이 환호했다.

"너 진짜 천재구나!"

야간 자습이 진행 중인 본관은 대체로 고요했다. 이유를 막론

하고 교실에서 말소리가 나면 바로 벌점이니, 필담을 하거나 오목을 하거나 곯아떨어져 잘 수는 있어도 떠들 수는 없는 것이다. 덕분에 하얀 불빛으로 창백하게 빛나는 본관은 무덤처럼 괴괴했다.

교내 순찰을 위해 복도를 돌던 지원은 9등급 자습실을 들여다보고 의아한 표정을 지었다. 같이 걷던 선도부원이 물었다.

"왜 그래?"

"문도새벽이 안 보이는데. 자습을 빠진 건가?"

"아, 올빵 말야?"

선도부원의 말을 들은 지원이 그를 날카로운 눈으로 째려보았다.

"그렇게 부르지 말라니까."

"왜? 다들 그렇게 부르던데."

지원은 불만스러운 표정으로 입을 다물었다. 그사이 가상 화면으로 학생 명단을 확인한 선도부원이 재밌는 걸 발견했다는 듯이 웃었다.

"야야, 이거 봐봐. 그 자식 쓰레기 당번이라는데."

"쓰레기?"

"이야, 그래도 한때는 전교 일등까지 한 놈인데 어떻게 거기까지 떨어지냐? 진짜 웃긴다."

선도부원은 어이없다는 말투로 비웃었지만, 지원의 눈매는 한층 더 가늘어졌다.

"쓰레기 청소라니, 어딘데?"

"관리동. 고물상이랑 같이 갔네."

"빵삼이랑? 흐음……."

뭔가를 생각하던 지원이 이윽고 팔짱을 풀면서 미소 지었다.

"야."

"왜?"

"슬슬 우리 일할 때 되지 않았냐?"

다음 날 아침, 식당에서 고물상을 발견한 새벽이 그에게로 달려갔다.

"어땠어?"

고물상이 큰 입을 벌리며 자신만만하게 웃어 보였다. 표정만 보고도 그가 성공했다는 걸 알 수 있었다. 새벽이 숨넘어간다는 얼굴로 그를 재촉했다.

"언제부터 쓸 수 있는데?"

"지금 숙소에서 충전 중이야. 이따 점심때 구관에 들르자. 이 것저것 눌러 보긴 했는데, 역시 매트릭스는 잘 모르겠더라. 다뤄 본 적이 없어서."

"알았어. 기대되는데."

두 사람은 아침 식사를 마치고 각자의 교실로 들어갔다.

그런데 그날따라 뭔가가 이상했다. 수업 시간 종이 울렸는데도 가상 화면이 켜지지 않았다. 그 대신 위압적인 표정의 학생 네 명이 들어와 교실 앞에 버티고 섰다. 그들의 팔에 '선도부'라고 쓰인 하얀 완장이 채워져 있었다.

심상찮은 분위기를 감지한 새벽의 심장이 쿵쾅거렸다. 뒤에서 아이들이 속삭이는 소리가 들렸다.

"야, 알고 있었냐?"

"아니. 완전 기습인데."

"망했다, 젠장. 하필 오늘이야."

선도부장인 지원이 교실 안으로 걸어 들어오더니 고함을 질렀다.

"전원 복도로 나가!"

모든 학생들이 복도로 나와 줄을 맞춰 섰다. 각 교실의 문 앞에 세이버가 한 대씩 대기 중이었다. 교실에는 선도부원 두 명만이 남았다. 그들이 빈 교실에 놓인 책상과 의자, 사물함을 뒤지는 소리가 요란하게 들려왔다.

복도에 나와 선 학생들은 차례차례 세이버 앞을 거치면서 금속 탐지 검사를 받았다. 그것이 끝나면 선도부원이 또 한 번 학생들의 몸을 구석구석 뒤졌다. 담배, 라이터, 드라이버, 칼, 유리조각, 수저, 헐벗은 여자가 실린 잡지에서 칫솔 조각품까지 도대체 저런 게 어디서 났나 싶은 것들이 속속 쏟아져 나왔다.

새벽 차례가 되었다. 지원이 가느다란 눈매를 찌푸리며 신경질적으로 웃었다.

"어디, 등록아동께선 뭘 갖고 있나 좀 볼까?"

'넌 찍혔어, 알지?'라는 눈빛이 노골적으로 드러났다. 새벽은 애써 그 시선을 못 본 척하면서 양팔을 들어 올렸다. 어차피 금지 물품을 갖고 있지도 않기에 아무래도 상관없었다. 다만 고물상 쪽이 걱정될 뿐이었다.

한참이 걸려 소지품 검사가 끝났다. 학생들이 쑥대밭처럼 뒤집힌 교실 안으로 들어가 앉자 쉬는 시간을 알리는 종이 울렸다. 벌떡 일어난 새벽이 구관을 향해 뛰었다. 고물상의 방까지 달려가는 동안 별의별 생각이 뇌리를 스쳤다.

'설마 숙소까지…… 아냐, 그놈들이 숙소를 빼놓고 수색했을 리가 없어. 그래도 고물상이 잘 감춰 놓지 않았을까? 맞아, 설마 걸리진 않았을 거야. 하지만 그 자식들이 금속 탐지기까지 동원했는데……. 젠장! 왜 하고많은 날 중에 오늘인 거야! 평소엔 쓰레기실에 보관하던 물건들인데! 조립하느라고 어젯밤에 갖고 온 건데 하필 오늘 소지품 검사를…….'

숨이 턱에 닿도록 계단을 뛰어 올라온 새벽이 들이닥쳤을 때, 도미토리 안에는 먼저 온 고물상이 오도카니 앉아 있었다. 베개며 시트며 사물함이며 가릴 것 없이 수색 당한 방 안은 엉망진창으로 어지럽혀진 상태였다.

시트가 벗겨진 매트리스 위에 앉아 힘없이 고개를 푹 숙이고 있는 고물상을 보는 순간, 묻지 않아도 상황을 알 수 있었다. 새벽의 다리에서 힘이 쭉 빠져나갔다.

문간에 스르륵 주저앉은 새벽은 아무 말도 꺼내지 않았다. 쉬는 시간 종료를 알리는 종이 치고 자리 이탈을 지적하는 경고음이 발찌에서 시끄럽게 울릴 때까지, 두 사람은 잠시 동안 그렇게 앉아 있었다.

14
교장실

.

"청소 왔슴다~."

언제나처럼 작게 중얼거리며 고물상이 교무실 안으로 들어갔다. 새벽도 그 뒤를 따랐다. 항상 그랬듯이 청소부를 주목하는 사람은 없었다.

고물상과 함께 쓰레기를 옮겨 담으면서, 새벽은 학교 내를 중계하는 감시 카메라 화면을 계속해서 관찰했다. 그러면서 이제까지 암기한 카메라의 위치와 화면 전환 순서가 일치하는지 몇 번이고 확인했다.

'처음에는 본관 바깥, 그다음에는 신관 바깥, 그리고 다시 관리동으로 화면 이동…….'

감시 화면은 새벽이 되뇌는 순서 그대로 속속 바뀌었다. 며칠

동안 숨죽여 관찰하며 교무실을 드나든 결과, 새벽은 감시 카메라가 비추는 장소와 영상 전환 순서는 눈 감고도 맞출 수 있게 되었다. 전부 완벽하게 암기했음을 확신한 새벽은 짐짓 무표정한 얼굴로 쓰레기를 신고서 고물상과 함께 복도로 나왔다.

3층으로 올라가려고 엘리베이터 앞에 멈춰 섰을 때, 새벽이 고물상에게 속삭였다.

"교장실에서 교장 시선을 오 초만 끌어 줘."

고물상이 멀뚱한 눈으로 새벽을 돌아보았다.

"뭐?"

"내가 교장실 입구에 서 있을 거야. 그동안 교장이 입구 쪽을 안 쳐다보게 해 줘. 사 초면 돼."

"뭐 해 줄 건데?"

"쓰레기통 내가 다 씻을게."

고물상이 눈을 휘면서 장난치는 고양이 같은 미소를 지었다.

"콜."

두 사람은 카트를 몰고서 3층으로 올라갔다. 고물상이 교장실 벨을 누르자 안에서 걸걸한 목소리가 들렸다.

"뭔가?"

"쓰레기 비우러 왔습니다."

지잉, 자동문이 열렸다. 진한 커피 향이 코끝을 찔렀다. 고물상은 조심스러운 걸음걸이로 교장실 안으로 들어갔다. 입구 정면으로 커다란 나무 책상과 소파가 보였고, 바닥에는 붉은 카펫이 깔려 있었다. 교장은 소파에 앉은 채 허공에 떠오른 가상 화면을 쳐다보는 중이었다.

교장실의 쓰레기통을 비우던 고물상이 멈칫했다.

"저, 교장 선생님."

교장이 미간을 찌푸리며 고물상 쪽을 바라보았다.

"왜?"

"이거 버리셔도 되는 건가요?"

고물상이 쓰레기통 안을 가리키며 물었다. 교장은 얼굴을 찌푸렸지만 고물상이 가리키는 것을 확인하기 위해 시선을 그리로 돌렸다.

문간에 서서 대기 중이던 새벽은 빠른 손놀림으로 교장실 문 안에 붙어 있는 전자자물쇠를 열었다. 그리고 안의 붉은 버튼을 눌러 자신의 홍채를 룸메이트로 등록했다. 등록 완료를 알리는 효과음이 작게 울리는 순간, 새벽이 조금 큰 목소리로 고물상을 불렀다.

"그만 가자! 시간 다 됐어."

쓰레기를 들여다보던 교장이 불쾌한 표정으로 고개를 들었다.

"됐어, 버려."

"그렇습니까? 실례했습니다."

고물상은 허리를 굽실거리며 서둘러 교장실을 나왔다. 교장실의 자동문이 등 뒤에서 닫히자 고물상이 새벽의 허리를 쿡 찔렀다.

"볼일 다 봤냐?"

"응…… 그래."

새벽이 중얼거리면서 자신의 발찌를 내려다보았다. 발찌는 여느 때처럼 노란 빛을 뿜으며 발목에 차갑게 달라붙어 있었다.

"교장실에 들어가겠다고?"

악어는 기가 찬다는 표정을 지으며 새벽의 말허리를 잘랐다. 새벽이 고개를 주억거렸다.

"매트릭스에 접속하려면 교사들의 매트를 쓰는 수밖에 없어. 하지만 이 학교에서 교사들에게 들키지 않고 매트릭스에 들어갈 수 있는 장소는 교장실뿐이야. 다른 장소는 전부 감시 카메라가 비추고 있거든."

악어가 뒤통수를 벅벅 긁었다.

"겨우 교장실 문 하나 딴 걸로 너무 들뜬 거 아냐? 관리동 현관은 어떻게 통과할 거야? 또 쓰레기 치우는 척해? 들어갈 순 있겠지. 하지만 쓸 수 있는 시간은 고작 몇 분이야. 그거 가지고 뭘 할 건데?"

새벽이 미간을 찌푸렸다. 하지만 악어의 지적은 끝난 게 아니었다.

"안에 들어간 사람이 갑자기 증발해서 오랫동안 안 보이면, 몰카 담당이 아무리 멍청해도 이상한 낌새를 느낄 거야. 네가 작업을 이 분 내로 다 처리할 수 있는 게 아닌 이상 무리라고."

"그거 말인데."

새벽이 악어의 말을 끊었다.

"내일모레 관리동 복도를 청소하러 학생 열 명이 들어갈 거야."

악어의 눈썹이 꿈틀거렸다.

"아주 청소 스케줄을 다 꿰고 있네. 적성에 잘 맞나 보다?"

대 놓고 비아냥대는 말투였지만, 새벽은 안됐다는 듯이 악어에게 대꾸했다.

"모르는구나, 거기 쓸모 있는 게 얼마나 많은지."

"고물상 같은 소리 집어쳐! 그래서 뭐야, 교장실 청소라도 하겠다는 거야?"

"교장실은 학생들한테 청소 안 시켜. 아무리 교사들이 태만해도 그 정도로 막 나가진 않아. 중요한 방은 로봇청소기가 하고, 우리는 사람이 있을 때 쓰레기만 받아 나오는 거야. 몰랐어?"

핀잔주듯이 말한 새벽이 새삼스러운 눈으로 악어를 올려다보았다.

"아, 맨날 남한테 청소 미뤄서 잘 모르겠구나."

"이 자식이 정말!"

악어가 식식거리면서 한 대 칠 듯이 손을 들었다가 내렸다.
새벽이 말했다.

"항상 아무도 없던 관리동 복도에 갑자기 학생이 열 명이나
돌아다니면 감시자들도 헷갈리겠지. 그때 관리동 현관을 통과
하면 돼."

"현관은 어떻게 통과하려고?"

"화분 옮기는 중이라거나 청소 도구를 잊고 왔다고 하면 되
지 뭐. 그건 큰 문제가 아냐."

'이 자식이 거짓말 도사가 됐구만……'

악어가 한숨을 쉬었다. 문득 '얘가 이런 놈이 아니었는데.' 하
는 생각에 만감이 교차했다. 그러는 악어의 속을 아는지 모르는
지 새벽이 설명을 계속했다.

"그리고 교무실에 들러서 감시 카메라 영상이 뜨는 타이밍을
확인할 거야."

"영상 타이밍?"

"감시 카메라가 워낙 많기 때문에, 한꺼번에 모든 장소가 화
면에 뜨진 않아. 십 초 간격으로 화면이 바뀌는 거지. 그 간격을
계산해서, 감시 카메라가 교장실 복도를 비추지 않는 타이밍에
안으로 들어가면 들키지 않을 거야."

"녹화 영상엔 남잖아?"

"그 순간만 넘기면 돼. 교장실 매트라면 녹화 영상 편집 권한

189

도 있을 테니까."

거기까지 설명한 새벽이 잠시 숨을 골랐다.

"그런데 아직도 문제가 있어."

"문제?"

새벽이 고개를 끄덕였다.

"네 도움이 필요해."

악어가 마뜩찮은 표정으로 쯧 혀를 찼다.

새벽과 악어가 교장실 침투 계획을 짜고 난 다음 날이었다. 수업 시간 종료를 알리는 종이 치자마자 복도로 나선 새벽의 귓전에 야비한 웃음소리가 들렸다.

"야, 왜 그래? 너 이런 거 밝힌다며?"

"어때? 하니까 기분 좋았어?"

새벽의 눈길이 반사적으로 소리 난 쪽을 향했다. 오른편 통로 끝에 선 덩치 둘이 소년 하나를 구석에 몰아넣고 짓궂게 조롱하고 있었다. 떨면서 어쩔 줄 몰라 하고 있는 그 남학생은 다름 아닌 한창우였다.

새벽이 우뚝 멈춰 섰다. 창우를 보는 것은 아침 조회 아웃팅 사건 이래 처음이다. 그 사건 직후 새벽은 반성실에 감금당했고, 풀려났을 때는 완전히 의기소침해져서 창우를 떠올릴 정신이 없었다.

그렇다 해도 전교에 아웃팅 당한 창우가 그 뒤 어떻게 지내는지 알려 하지도 않았다니, 새삼스럽게 자기 자신이 형편없는 놈으로 느껴졌다.

잘 지낼 턱이 없지 않은가, 빌어먹을.

"그만해."

새벽이 창우와 그들 사이에 끼어들자, 갑작스러운 방해꾼에 당황한 덩치들이 잠깐 주춤했다. 그러나 다음 순간, 그들이 일제히 폭소를 터뜨렸다.

"어어, 요거 봐라. 끼리끼리 논다더니 정말이네?"

"그러게 말야. 호모한테는 호모를 찾아내는 레이더가 있나 봐!"

불길한 예감이 들었다. 새벽은 애써 태연한 척하며 창우를 데리고 돌아섰다. 등 뒤에서 이죽대는 비웃음이 들려왔다.

"야, 너 악어 깔치라며? 소문이 아주 쫙 퍼졌더라."

그만 멈춰 선 새벽이 뒤를 돌아보았다. 경악으로 물드는 새벽의 눈동자를 본 녀석들이 토끼를 갖고 노는 하이에나처럼 히죽히죽 웃었다.

"둘이서 맨날 화장실에 처박혀 있다던데?"

"악어한테 그런 취미가 있을 줄 몰랐지 뭐야. 나 참……."

낄낄거리며 하이파이브를 하는 덩치들을 보며, 새벽은 분노와 수치심 사이에서 어찌해야 좋을지 갈피를 못 잡은 채 주먹을 불끈 쥐었다. 팔이 부들부들 떨리고 있다는 것조차 깨닫지 못했다.

야수처럼 흉포한 목소리가 끼어든 것은 그때였다.

"내가 뭐?"

신나게 웃어 대던 덩치 둘이 비석처럼 굳어 버렸다. 새벽과 창우도 놀라 목소리의 주인을 쳐다보았다. 악어가 팔짱을 끼고서 미간에 주름을 잡은 채 네 사람을 쏘아보고 있었다. 산송장처럼 빳빳해진 덩치들을 가소롭게 쳐다보던 악어가 까딱 턱짓했다.

"꺼져."

덩치들이 허둥지둥 자리를 벗어났다. 창우도 불안한 눈으로 새벽과 악어를 번갈아 보며 멀어져 갔다. 그 자리엔 악어와 새벽 둘만 남았다. 악어가 험악한 표정으로 새벽의 다리를 툭 걷어찼다.

"야."

새벽이 악어를 올려다보았다. 악어가 으름장을 놓았다.

"네놈 때문에 나까지 말 나오게 하면 가만 안 둔다. 알았어?"

"악어."

새벽이 갑자기 악어를 불렀다.

"한창우 좀 보호해 줘."

악어가 어처구니없다는 표정을 지었다.

"귓구멍이 막혔냐? 방금 한 말 못 들었어?"

"들었어. 알았다고. 그보다 한창우 말야. 아웃팅 당한 상태라 집적대는 놈들이 엄청 많을 텐데 좀 도와줘. 네가 한마디 하면 아무도 쟤를 안 건드릴 거…… 크윽!"

쾅! 말이 끝나기도 전에 악어의 억센 팔이 새벽의 몸을 벽으로 거세게 밀어붙였다. 딱딱한 콘크리트 벽에 세차게 부딪힌 등뼈가 찌릿찌릿하게 저렸다. 새벽이 통증에 얼굴을 찌푸리자 악어가 사나운 목소리로 속삭였다.

"야, 이 개좆 같은 또라이 새끼야. 그 머리통에 뚫린 것도 귓구멍이라면 내가 하는 말 잘 들어. 첫째, 그 호모 자식은 헤이즈야. 누가 어디서 어떻게 집적거리든 내 알 바가 아니지. 둘째, 설령 넘버즈라고 해도 난 약해 빠진 애새끼들은 질색이야. 그런 꼬맹이들이 여기 한두 명이냐? 누가 일일이 그런 꼬마들 뒤치다꺼리를 해 줄 것 같아? 당하기 싫으면 스스로 강해지면 되는 거야. 알았어? 그리고 셋째."

처음 만났을 때로 돌아간 것처럼 증오심에 불타는 악어의 두 눈이 새벽을 무섭게 쏘아보았다.

"요새 좀 덜 맞으니까 눈에 뵈는 게 없나 본데, 너나 저놈이나 똑같은 처지야. 어설프게 남 동정하지 말고 너나 잘해. 내일 계획 실패하면, 내 손에 죽는다."

악어가 새벽을 누르던 손을 놓고 돌아섰다. 벽에 기댄 채 잠시 아픔을 추스르던 새벽이 악어의 뒤통수에 대고 말했다.

"그래 가지곤 학교가 하는 짓이랑 똑같잖아."

"뭐야?"

악어가 성난 눈으로 돌아보았다.

"이 새끼가 아직도 정신을 못 차리고……."

"내 말이 틀렸어? 비참한 게 싫으면 알아서 공부 잘하라는 논리나, 얻어맞기 싫으면 알아서 세지라는 논리나, 다를 게 뭐야? 공부나 힘이 특기가 아닌 사람은 비참하게 얻어맞아도 싸다는 거야?"

새벽이 한 치 흔들림도 없이 악어를 노려보고 있었다. 그 시선을 맞받던 악어는 다시금 알 수 없는 위화감에 휩싸였다. 저놈이 언제부터 저런 눈을 하게 됐지? 난 또 왜 저 녀석이 나불대는 걸 내버려 두고 있지?

새벽이 말했다.

"말했잖아. 넘버즈든 헤이즈든 그게 무슨 상관이야? 어차피 졸업식 날엔 전부 똑같은 처지인데. 우리끼리 편 가르고 싸워 봤자 박수 치고 좋아하는 건 우리 위에 있는 놈들뿐이라고. 너야말로 정신 좀 차려!"

악어는 시근거릴 뿐 더 이상 입을 열지 않았다. 두 사람은 아무 말도 하지 않은 채 서로를 죽일 듯이 노려보기만 했다. 그때 쉬는 시간을 끝맺는 종이 울렸다.

새벽이 관리동 현관의 벨을 누르자 귀찮다는 투의 목소리가 스피커를 통해 돌아왔다.

"뭐야."

"필요한 청소 도구를 갖고 왔는데요."

두 번 묻지 않고 문이 열렸다. 새벽은 현관 안으로 빠르게 걸어갔다. 1층 복도에서 밀대를 미는 학생들은 방문자에게 눈길도 주지 않았다. 청소 감독인 선도부원이 힐끔 쳐다보았을 뿐이다. 평소와 똑같이 행동하고 있었지만, 지금부터 하려는 일을 되새길 때마다 심장 박동이 배로 빨라졌다.

2층으로 향했다. 교무실 입구로 간 새벽은 감시 카메라의 사각에 서서 깨진 거울 조각을 들어 올렸다. 고물상에게서 입수한 거울이다. 그를 움직여서 안쪽을 살피자, 거울의 끄트머리에 감시 화면이 슬쩍 비쳤다.

'지금 세 번째 화면이야. 그리고…… 좋아, 바뀌었어. 이 박자를 잊으면 안 돼.'

타이밍을 잰 새벽은 한 층 더 올라갔다. 3층에는 교장실이 있다. 새벽은 거울로 모퉁이 저편을 살폈다.

'역시…….'

건너편에는 복도를 청소 중인 학생들과, 그를 감독하는 선도부원이 있었다. 감시 카메라가 비추지 않을 타이밍을 잰다고 해도 살아 움직이는 눈이 여섯 개나 된다. 저 학생들 모두의 시선을 피하지 않는 한 교장실로 들어가는 건 불가능하다.

'십이, 십삼, 십사…….'

기도하는 심정으로 벽에 몸을 붙이고 있는데, 복도 너머에서 기다리던 고함이 들려왔다.

"야, 이 새끼야! 지금 내가 틀렸다는 거야?"

패악스럽게 시비를 거는 목소리. 악어다. 누군가가 그 앞에서 쩔쩔매는 소리가 들려왔다. 미리 말을 맞춘 악어 패거리 중 한 명일 것이다.

"아니, 그게 아니고……."

"너 딱 걸렸어. 좋은 날씨에 먼지 나게 맞아 볼래? 엉?"

새벽은 다시 거울로 건너편을 살폈다. 아니나 다를까, 의욕 없는 얼굴로 청소하던 당번들은 물론 선도부원까지도 복도 끝의 창문으로 달려가 바깥에서 벌어지는 싸움을 구경하느라 여념이 없었다. 새벽은 다시 타이밍을 셌다.

'이십팔, 이십구, 삼십, 지금!'

감시 카메라의 영상이 바뀌는 순간, 모퉁이에서 쏜살같이 튀어나온 새벽은 교장실 앞으로 달려갔다. 새벽의 홍채를 인식한 자동문이 가벼운 바람 소리를 내며 열렸다.

이윽고 관리동 바깥의 몸싸움이 교사에 의해 제지되자, 구경하던 학생들은 아무도 없는 3층 복도로 돌아와 청소를 계속했다.

'들어왔어!'

새벽은 쿵쾅거리는 가슴을 부여잡고서 교장실 안쪽 벽에 기

196

대어 스르르 주저앉았다. 일분일초가 아까운 상황인데도 잠시 숨을 고를 수밖에 없었다. 기다려도 아무 일도 일어나지 않는 걸 보니 어찌어찌 들키진 않은 모양이었다.

'두 번은 못할 짓이네, 이거.'

겨우 몸을 일으킨 새벽은 책상 쪽으로 걸어가 매트를 작동시켰다. 허공에 가상 화면이 떠오르면서 은쟁반을 구르는 옥구슬 같은 여성의 목소리가 들려왔다.

"매트릭스에 오신 걸 환영합니다."

"음소거."

새벽이 대꾸하자 목소리가 사라졌다. 대신 화면에 글씨가 떠올랐다.

「홍채, 성문, 지문 중 인증 방법을 선택해 주십시오.」

새벽은 '성문'을 선택한 후, 자신의 발찌를 눌러 가상 화면을 불러냈다. 그리고 '훈화 다시 보기'를 켰다.

'훈화 다시 보기'는 발찌로 제공되는 몇몇 기능 중 하나다. 교장의 훈화를 자발적으로 반복 청취하면 생활 점수에 약간의 가산점이 쌓인다. 벌점이 지나치게 쌓인 학생들로 하여금 자기반성 시간을 갖게 하는 동시에 벌점을 감산하여 구제해 주기 위한 기능이라는데, 이런 곳에 도움이 될 줄은 몰랐다고 새벽은 새삼스레 생각했다. 아마 만든 사람도 몰랐겠지.

발찌의 가상 화면에서 교장의 목소리가 흘러나왔다.

"학생 여러분, 안녕하십니까."

교장의 음성을 인식한 매트릭스 스크린 위에 '인증 완료'가 떠올랐다.

새벽은 우선 감시 카메라 데이터를 띄우고 자신이 교장실로 뛰어드는 장면이 찍힌 녹화 영상을 프로그램으로 수정해 지워 버렸다. 겨우 그 정도밖에 못했는데 시계를 보니 벌써 시간이 칠 분이나 지나 있었다.

심장이 다시 빨라졌다. 복도 청소는 앞으로 십 몇 분이면 끝 날 것이다. 그 전에 교장실 밖으로 나가서 퇴거하는 학생들과 섞 이지 못하면 관리동에서 나갈 길이 없어지고 만다. 마음이 급해 진 새벽은 서둘러 매트릭스에 퍼뜨릴 파일을 만들기 시작했다.

'분명히 누군가가 도와줄 거라고 악어에게 큰소리치긴 했지 만······.'

새벽이 관자놀이를 문질렀다. 솔직히 이제부터 하려는 일이 생각처럼 파장을 일으킬 수 있을지, 주목도 못 받고 묻혀 버리지 는 않을지 불안했다.

'기회는 단 한 번. 한 방에 제대로 급소를 찔러야 돼. 이게 핫 이슈로 떠오를 수 있게. 그러려면, 전대미문의 뭔가를 저질러 야······.'

머리를 굴리면서 파일 제작에 몰두하고 있을 때, 시야 끄트머 리에 뭔가가 휙 스쳐 지나갔다. 안 좋은 예감에 시선을 돌리자, 관

198

리동의 엘리베이터 안을 비추는 감시 카메라 영상에 교장의 모습이 보였다. 기겁한 새벽이 헛숨을 들이마셨다. 행선지는 3층. 틀림없다. 교장실로 오는 중이다.

'외출한 거 아니었어?'

나가기엔 이미 늦었다. 급한 대로 방의 어딘가에 숨을 수밖에 없다. 새벽은 가상 화면을 끈 다음 교장실을 돌아보았다. 바닥에 깔린 붉은 카펫, 액자, 책상, 의자가 주마등처럼 차례차례 시야에 들어왔다. 젠장! 숨을 데가 없어! 입술이 바싹바싹 타 들어간다. 발소리는 이제 바로 앞까지 와 있었다.

스르릉. 교장실의 자동문이 열리는 소리가 들렸다.

교장이 안으로 들어온 모양이다. 발소리는 카펫에 묻혀서 거의 들리지 않았다. 대신 교장의 음성이 들렸다. 누군가와 얘기하는 중이다.

"건의 내용은 임 선생님으로부터 전해 들었는데."

통화 중인 걸까? 아니면 동행이 있나? 새벽은 쿵쾅거리는 심장을 진정시키려 애쓰며, 조심스럽게 화장실 문에 귀를 가져다 댔다. 문 바깥에서 교장의 말소리가 계속 들려왔다.

"왜 갑자기 이런 생각을 하게 된 거냐?"

'뭐야? 회의하는 거야? 빨리 안 나가려나? 이렇게 시간 낭비하고 있을 새가 없는데. 이러다 들키면 어쩌지? 허둥대느라 제

대로 종료도 못 시켰어. 지금 교장이 매트를 열면 누가 건드렸다는 게 바로 탄로 날 텐데…….'

새벽은 배 속의 창자가 차가운 손에 쥐어짜이는 느낌에 휩싸여 안절부절못했다. 그때 귀에 익은 목소리가 들려왔다.

"학교 내의 면학 분위기를 바로잡을 필요가 있기 때문입니다."

초조하고 불안한 가운데서도 흠칫하지 않을 수 없었다. 단호하면서도 칼날처럼 딱 자르는 음성. 모를 리가 없다. 세면장에서 들었던, 그리고 소지품 검사 때 자신을 노골적으로 비웃던 목소리였다.

'최지원이잖아!'

지원의 대답을 들은 교장이 물었다.

"요새 면학 분위기가 어떤데?"

"지난번 조회 때 일어난 소동을 기억하시죠? 그날 이후 다들 눈에 띄게 집중도가 떨어졌습니다. 불공평하다거나, 늦게 태어난 게 죄냐는 등 불평불만을 토로하는 아이들이 늘어났지요. 심지어 비난글을 몰래 써서 화장실에 붙인 사례도 있습니다. 그 때문에 정당하게 성인이 되려고 노력해 온 학생들이 공부에 집중을 못하는 피해를 입고 있습니다."

지원이 또박또박 잘 들리는 목소리로 설명했다. 새벽이 한층 더 숨을 죽였다. 그랬었나? 다른 아이들로부터 경원시되는 처지다 보니 죄다 금시초문이었다.

"그래서 전면 도청을 건의한 거고?"

교장이 물었다. 엿듣고 있던 새벽은 귀를 의심했다. 뭐야? 전면 도청?

"네. 지금은 욕설에 한해서만 제약을 두고 있습니다만, 제한 단어의 범위를 더 늘릴 필요가 있다고 봅니다. 나아가 대화 내용을 검열해서 처벌을 강화하고, 학생들의 동요를 조장하는 배후 세력을 잡아내야 합니다."

저 자식이 지금 뭐라는 거야? 새벽은 처지도 잊고 주먹을 불끈 쥐었다. 교장이 대꾸했다.

"제한 단어를 늘리는 것은 뭐, 별거 아닐 수 있는데. 대화 내용을 검열한다고? 단어를 약간 바꿔서 말하면 기기로는 못 잡아내. 그건 알지? 그렇다고 사람이 듣고 있을 순 없잖아. 비능률적이라고."

"전교생이 대상일 필요는 없습니다. 선도부 블랙리스트에 오른 학생들의 대화만이라도 검열할 수 있게 해 주십시오."

지원이 내놓은 블랙리스트를 살펴보는 건지, 잠시 침묵하던 교장이 말을 이었다.

"이 정도 불평불만은 항상 있었잖아? 생각이 지나친 것 같은데."

"아닙니다, 평소와는 분명 다릅니다. 틀림없이 배후 주동자들이 있습니다. 검열할 인력이 모자라다면, 선도부원들에게 대화 열람 권한을 주시면 됩니다."

지원이 열성적으로 교장을 설득했다. 하지만 교장은 불퉁한 목소리로 대꾸했다.

"네가 선도부장이긴 하지만, 어쨌든 다 같은 학생이라는 사실을 잊으면 곤란하지. 대화 열람 권한을 달라고? 도가 지나친 거 아냐? 하라는 공부는 안 하고 이런 데 정신을 팔아도 되겠어?"

분위기가 싸늘해지는 것을 문 너머에서도 알 수 있었다. 교장이 말했다.

"뭐, 그러지. 조만간 전교생 도청을 실시할 테니, 선도부는 빠져. 이만 가 봐."

교장실을 나가는 자동문이 열렸다 닫히는 소리가 들렸다. 새벽은 몸을 낮추고 숨을 죽였다.

만일 교장이 화장실로 들어오면 어쩌지? 아무리 머리를 굴려도 더는 피할 방도가 없었다. 운명을 하늘에 맡긴 새벽은 꼼짝 못하고 처분을 기다렸다.

하지만 한참이 지나도 문 너머에서 인기척이 나지 않았다. 오랫동안 망설이던 새벽은 결국 조심스럽게 문을 열었다. 교장실은 텅 비어 있었다.

그제야 한꺼번에 호흡을 내뱉은 새벽이 그 자리에 무너져 내렸다.

"으아아……. 십 년 감수했네, 진짜."

조그맣게 중얼거린 새벽은 안심하고 있을 때가 아니라는 사실을 뒤늦게 깨달았다.

이미 저녁 식사 시간이다. 청소도 다 끝났을 테고, 학생들은 모두 식당에 모여 있을 터였다. 지금 감시 카메라에 걸리지 않고 관리동을 빠져나가는 건 불가능했다. 교사들에게 잡히면 청소 당번도 아닌 녀석이 이 시간까지 어디서 뭘 하고 있었느냐고 추궁 당할 게 분명했다.

'게다가…….'

새벽은 책상 쪽을 돌아보았다. 아직 변변하게 한 것도 없다. 뭐 좀 해 보려는 찰나에 교장과 지원이 들어와서 미처 훑어보지도 못했다. 이곳에 두 번 들어올 자신은 없었다. 교장이 없을 때 학생들이 복도를 청소하고, 악어가 시선 교란마저 시켜 준 기회가 쉽게 주어지는 것은 아닐 터였다.

잠시 고민하던 새벽은 각오를 굳힌 표정으로 고개를 들었다.

'아직 시간이 있어.'

저녁 식사 시간이 끝나고 교실에서 결석을 체크하기까지, 즉 자신이 자리를 이탈한 것이 알려지기까지 아직 한 시간가량이 남아 있다.

'좋아. 갈 데까지 가 보는 거야.'

결심한 새벽이 다시 매트를 열었다. 대기 상태로 내버려 둔

사이, 매트의 가상 화면은 단란해 보이는 가족사진으로 전환되어 있었다. 남자와 여자, 그리고 어린 아기가 찍혀 있었다. 사진 속 남자는 두말할 필요도 없이 교장이었다. 교장의 가족사진인 모양이었다.

사진을 마주한 새벽이 미간을 살짝 찌푸렸다. 잠시 동안 화면 속의 사진을 들여다보며 뭔가 생각하던 새벽은, 쓰다만 문서에 집중하는 대신 매트에 저장된 내부 데이터를 검색하기 시작했다.

뒤지다 보니 비밀번호로 잠겨 있는 문서가 있었다. 새벽은 매트릭스에서 아무 해킹 프로그램이나 적당히 집어 온 뒤 잠긴 데이터를 공격했다. 문서는 십 초도 버티지 못하고 열렸다. 새벽이 어깨를 으쓱했다.

"보안 레벨하고는. 어른들 비번은 너무 허술하다니까."

새벽은 잠겨 있던 데이터의 내용을 빠른 속도로 훑어 내려갔다.

볼일을 마친 새벽은 흔적을 없애기 위해 교장실 문의 전자 자물쇠에서 자신의 홍채를 삭제했다. 이제 같은 수법으로 여기에 들어올 길은 없어진 셈이다.

창밖을 내다보았다. 태양이 사라진 저녁 하늘은 땅거미에 잡아먹혀서 어둑어둑하다. 학생들은 아직 본관 지하에 있을 시간이다. 설마 지금 관리동 건물을 물끄러미 쳐다볼 녀석은 없겠지.

새벽은 입술을 악물고서 교장실의 창문을 열었다. 낮의 열기를 잃고서 서늘해진 저녁 바람이 얼굴을 쓰다듬었다. 벌써부터 이빨이 딱딱 부딪쳤다.

'괜찮아, 고작 3층이야. 안 떨어져. 할 수 있어.'

새벽은 건물의 장식용으로 만든 좁다란 돌출부를 밟으며 교장실 바깥 벽에 섰다. 되도록 발아래를 보지 않으려 애쓰면서 오른손으로 창문을 밀어 닫았다. 왼쪽을 바라보니 창문 두 개 너머로 옥상 배수관이 보였다. 새벽은 어금니를 깨물면서 조그맣게 중얼거렸다.

"젠장, 끝내주는 밤이네."

허세를 부려 봐도 스스로를 속일 수는 없었다. 팔과 다리가 후들후들 떨려서 당장 아래로 추락할 것만 같았다.

'침착해, 침착하자.'

새벽은 움직이지 않으려는 몸뚱이를 애써 달래며 배수관 쪽을 향해 느릿느릿 이동했다. 쿵쿵 뛰는 심장 소리와 속수무책으로 새어 나오는 가쁜 호흡이 온 세상을 향해 살아 있음을 주장하고 있었다. 땀으로 흥건한 손바닥이 당장이라도 미끄러질 것만 같다. 지렁이보다도 느리게 왼쪽으로 기어가는 시간이 영겁처럼 길게 느껴졌다.

어찌어찌 교장실 옆쪽 창문에 도착한 새벽이 멈춰 섰다.

'하아, 그래도, 여기까진 어떻게 왔는데…….'

교장실 옆은 손님용 휴게실이다. 불빛이 보이는 걸 보니 안에 사람이 있는 모양이었다. 새벽은 떨리는 손을 주머니에 쑤셔 넣었다. 거울 조각으로 창문 안쪽을 확인할 생각이었다.

그러나 사시나무 떨듯이 파들거리는 손가락은 생각보다 더 무기력했다. 아차 하는 순간 손가락 틈으로 빠져나간 거울이 아래쪽으로 떨어졌다. 쨍강! 아래쪽 콘크리트에 부딪혀서 깨지는 금속성이 선명하게 들려왔다. 새벽은 눈을 질끈 감았다.

'젠장!'

창문이 드르륵 열렸다. 안에서 목소리가 들려왔다.

"방금 그거 무슨 소리야?"

"글쎄, 뭐가 깨졌나?"

어른들의 굵은 음성이 코앞에서 들려왔다. 새벽은 젖 먹던 힘을 다해 벽에 달라붙었다. 턱이 덜덜 떨렸다. 들키는 것도 무서웠지만, 지금은 떨어지는 것이 더 공포스러웠다. 거울을 떨어뜨렸을 때 그만 아래를 보고 만 탓이다. 새벽은 원래부터 높은 곳이라면 딱 질색이었다. 그래도 고작 3층이라고 스스로를 달랬는데, 생각보다 훨씬 더 높아 보였다. 10미터는 족히 넘을 듯했다. 콘크리트 위로 추락해서 박살 나는 뼈의 이미지가 선명하게 떠올랐다.

들킨다는 긴장감과 떨어진다는 공포가 양쪽에서 새벽을 몰아붙였다. 너무 이를 악물어서 머리가 아플 지경이었다. 차라리 지금 저들을 소리쳐 부르고 싶었다. 그러면 이 살 떨리는 악몽에서 해방될 수 있을 텐데. 옆의 창문에서 새어 나오는 불빛은 자신을 에워싼 어둠과 달리 너무도 따스해 보였다.

어차피 들킬 거야. 들키지 않으면 떨어질 거고. 그럴 바엔 얌전히 실토하고, 발밑에 바닥이 있는 곳에서 벌을 받는 게 낫지 않을까. 벌이래 봤자 설마 팔 부러지는 것보다 심하겠어? 그리고 두 번 다시 이런 미친 짓 하지 말고 고분고분하게 사는 거지…….

창문 너머에서 누군가가 말했다.

"야야, 밥 먹잔다."

"그래?"

드르륵, 창문이 닫히고 방 안의 불이 꺼졌다. 새벽은 다시 어둠 속에 홀로 남겨졌다. 밤바람이 불어와 몸을 휘감았다. 땀으로 축축해진 등골에 소름이 끼쳤다. 몽롱하던 정신이 선명해졌다.

새벽은 다시 움직이기 시작했다. 휴게실 창문 두 개를 지나 배수관에 손끝이 닿자, 죽었다가 살아난 사람처럼 기나긴 숨이 터져 나왔다. 아직 끝난 게 아닌데도.

'괜찮아, 별거 아니야. 중간까지 가다가 뛰어내리면 돼.'

그렇게 자신을 독려하면서 신발을 벗어 아래로 던졌다. 요 몇 달 갇혀 지내면서 둔해진 건지, 아니면 긴장해서 그런 건지 배수관에 매달리는 팔다리가 바들바들 떨렸다. 새벽은 둔한 팔다리를 마구 다그치면서 배수관에 달라붙은 채 조금씩 기어 내려가기 시작했다.

'제발, 조금만 더, 조금만 더 가자⋯⋯.'

느릿하게 내려가던 발끝에 2층 벽 돌출부가 닿았다. 겨우 한 층 내려왔다는 실감에 약간 마음이 놓였다. 그때, 어둠 너머에서 누군가의 목소리가 들려왔다.

"거기 누구야?"

몸이 반사적으로 펄쩍 뛰었다. 세상이 빙글 돌았다. 사람이 급하면 초능력이 나온다더니, 생각보다 충격은 크지 않았다. 맨바닥 위에 한 번 구르고서 자세를 잡은 새벽이 아픔도 못 느끼고 고개를 번쩍 들었다. 목소리의 주인이 유령처럼 서 있었다. 그게 누군지 깨달은 새벽이 눈을 크게 떴다.

그는 바로 한창우였다. 창우도 난데없이 관리동 외벽에서 새벽이 뛰어내리는 걸 보고 놀랐는지, 입을 벌린 채 아무 말도 못하고 있었다. 절뚝거리며 허둥지둥 일어난 새벽이 어색하게 인사했다.

"아, 저, 안녕."

정말 상황에 안 어울리는 소리였지만, 달리 무슨 말을 꺼내야 좋을지 알 수가 없었다. 창우도 같은 심정인지, 잠시 어색한 침묵이 흘렀다.

이윽고 창우가 머뭇거리면서 말했다.

"네가⋯⋯ 조회 때 감싸 줬다는 얘기 들었어. 고맙다고 말하고 싶었는데, 계속 기회가 없었어. 미안."

새벽이 창우를 바라보았다. 불현듯 관리동에서 무사히 나왔다는 실감이 났다. 긴장이 풀리는 동시에 몸이 휘청거리더니 다리가 푹 꺾였다. 새벽이 비틀거리며 무릎을 꿇자, 당황한 창우가 다가섰다.

"괜찮아?"

"응, 뭐…… 괜찮아."

영화 흉내 내다가 십 년 감수했다는 말은 할 필요 없겠지. 새벽은 창우의 걱정스러운 시선을 마주하면서 안도의 한숨을 내쉬었다. 그리고 쓸쓸하게 미소 지으며 말했다.

"아무한테도, 말하지 말아 줄래?"

창우가 약간 당황한 듯 관리동을 올려다보았다. 그리고 다시 새벽을 돌아보더니 단호한 목소리로 대답했다.

"응. 아무한테도 말하지 않을게."

"……고마워."

그렇게 대답한 새벽이 고개를 깊숙이 떨어뜨렸다.

15
반성실

　학생들을 두들겨 깨우는 기상 음악이 울리기까지 앞으로 십
분. 신관도 구관도 정적에 휩싸여 있다. 고물상이 자고 있는 7등
급 도미토리 안도 예외가 아니었다.

　한창 새벽잠에 빠져 있는 고물상을 깨운 것은 발찌에서 들려
온 메시지 알림음이었다. 방 안에 있는 룸메이트들의 발찌가 동
시에 합창하듯이 "딩동." 하고 울렸다.

　고물상은 꿈틀거리며 눈꺼풀을 들어 올렸다. 발찌가 비추는
가상 화면이 눈앞에 떠워져 있었다. 전체 공지인 모양이었다.

　"아침부터 뭐야, 진짜……. 으하암."

　늘어져라 하품을 하면서 가상 화면에 떠오른 메시지를 읽던
고물상은 내용을 이해하지 못해 눈을 끔벅거렸다. 스크롤이 꽤

길었다. 그래서 처음부터 다시 읽었다. 읽어 내려가면서 졸음이 죄다 달아났다. 대신 얼굴이 허옇게 변했다.

침대를 박차고 일어난 고물상은 두 팔과 두 다리를 최대한 활용해서 아직도 꿈속을 헤매고 있는 룸메이트들을 두들겨 깨웠다.

"일어나, 이 자식들아! 지금 당장!"

"뭐, 뭐야? 왜 그래?"

잠에서 덜 깬 아이들이 허우적거리며 몸을 일으켰다. 고물상은 아무 말 없이 그들의 앞에 떠 있는 메시지를 가리켰다. 다들 각자 그것을 읽기 시작했다. 스크롤이 끝났을 때, 소년들의 얼굴에는 하나같이 경악이 아로새겨져 있었다.

"잠깐, 뭐야? 이 메시지?"

"진짜야, 이거? 그보다, 이걸 대체 누가 보낸 건데?"

"이게 도대체 어떻게 된⋯⋯."

우왕좌왕하는 소리가 높아지기 시작하는데, 옆방 학생이 고물상네 방문을 열어젖히며 물었다.

"야! 너네도 그거 왔어? 메시지⋯⋯."

그때 기상 시간을 알리는 애국가가 요란하고 장엄하게 울리기 시작했다.

아침 조회를 위해 연생장에 정렬한 학생들의 분위기는 그 어느 때보다도 뒤숭숭했다. 다들 의미심장한 눈으로 서로를 바라

211

보며 무언의 시선을 주고받았다.

'너네도 그거 봤냐?'

'너네도?'

분노한 표정, 당황한 표정, 두려워하는 표정, 들뜬 표정, 어쩔 줄 몰라 하는 표정까지 반응은 가지각색이었다. 하지만 모두 다 똑같은 눈을 하고 있었다. 봐서는 안 될 비밀을 공유해 버린 공범자들의 눈빛이었다. 아침 조회 때마다 나타나던 무표정과 무기력함은 사라지고 없었다. 그 메시지를 본 이상, 어제와 똑같은 아침을 맞기란 불가능했다.

'국가에 대한 맹세'가 끝난 후, 으레 등장하던 교장의 훈화가 스크린에 비춰지지 않았다. 다른 교사가 해명했다.

"오늘은 교장 선생님께 급한 업무가 생긴 고로 훈화를 생략합니다. 다음으로 교가를…… 조용, 조용히 못해!"

학생들이 일제히 웅성거렸다. 수면 밑에서 흔들리던 동요가 단숨에 드러났다. 스피커는 언제나처럼 온갖 욕설을 퍼붓고 기합을 주면서 학생들의 입을 막았다. 하지만 어쩐지 예전 같은 박력은 없었다.

조회의 마지막에 당부 사항이 흘러나왔다.

"오늘 아침에 몇몇 학생에게 괴상한 메시지가 전송되었다는 보고가 접수되었습니다. 그 메시지의 내용은 모두 날조입니다. 근거 없는 소문에 휘둘리지 마십시오."

하지만 고물상이 식당에 갔을 때, 그 메시지에 대해 이야기하지 않는 학생은 단 한 명도 없었다. 메시지를 받지 못했다는 학생 역시 찾아볼 수 없었다.

"아무래도 전체 공지로 돌린 것 같은데. 알림음도 딱 그거였잖아?"

옆자리 소년이 밥알을 튀겨 가며 흥분한 목소리로 떠들었다. 그 옆에 앉아 있던 아이도 맞장구를 쳤다.

"그럼 전교생에게 다 뿌렸다는 얘긴데, 진짜 대박이다. 그거 다 진짤까?"

"진짜지. 아니면 선생들이 저렇게 새파래지겠냐? 교장이 훈화를 빼먹은 건 또 어떻고. 그런 적 이제껏 없었잖아."

"야, 그렇다면 도대체 이거는…… 아오, 열 받아! 이게 말이 돼?"

나란히 앉은 소년이 분통을 터뜨리면서 식탁을 내리쳤다. 다른 학생이 주변을 둘러보았다.

"살살 말해. 선도부한테 걸린다."

"선도부가 이 상황에서 어떻게 입단속을 하냐? 전교가 다 그 얘기뿐인데. 지네들도 그걸 받았으면 무진장 당황하고 있을걸."

고물상이 그렇게 말하자 옆자리 소년이 두려움과 설렘이 반반 섞인 표정으로 말했다.

"야, 근데……."

목소리가 비밀 얘기를 하는 것처럼 낮아졌다.

"대체 어떤 미친놈 짓이지?"

"미친 새끼야, 이게 다 뭐야?"

욕설을 감지한 발찌가 삑삑 경고음을 울렸다. 하지만 악어는 전혀 개의치 않고 새벽을 노려보았다. 흥분한 나머지 새까만 피부가 벌겋게 보일 지경이다. 반면 무표정하게 악어를 올려다본 새벽이 손가락에 물을 묻혀 화장실 거울에 글자를 썼다.

「도청」

악어가 움찔했다. 그러더니 입만 벙긋하면서 손으로 새벽을 가리켰다.

'너지?'

새벽이 고개를 끄덕였다. 악어가 속이 터진다는 표정을 지으면서 오른손으로 자기 가슴을 두드렸다. 악어의 입술이 소리없이 새벽을 다그쳤다.

'왜 나한테 미리 말 안 했어!'

새벽은 어깨만 으쓱할 뿐 대답하지 않았다.

오늘 아침 알림음에 눈을 떴을 때, 메시지를 읽고 심장마비와 고혈압이 동시에 발병하는 기분을 맛보았던 악어는 새벽의 태도에 새삼스레 분통이 터졌지만 참았다. 물어볼 말이 산더미라 일분일초도 아까웠다.

'그거 진짜냐?'

악어가 입술만 움직여서 묻자 새벽이 그의 눈을 똑바로 들여다보았다. 그리고 가만히, 하지만 분명하게 고개를 끄덕였다.

전교생에게 뿌려진 메시지에는 이제까지 학교가 저지른 비리들이 일목요연하게 정리되어 있었다. 이중장부로 예산안을 부풀려서 지원금을 더 받아내는 것은 물론, 학생들에게 제공되어야 할 식사 및 온갖 서비스의 예산을 최대한 줄여서 빈약하게 만들고, 용역으로 처리해야 할 부분도 학생들의 노동력으로 때우는 등등.

하지만 가장 지독한 내용은, 졸업 이후 성인이 되지 못한 비성년자들의 취직처를 학교가 알선할 때 무슨 일이 벌어지는지 고발하는 부분이었다. 사회나 취업에 대해 아무것도 모르는 채 인력시장에 던져지는 비성년자들은 대부분 학교를 통해 일자리를 소개받는다. 그리고 학교는 사람들이 기피하는 위험한 공장 등에 졸업생들을 넘기고는 돈을 받았다. 비성년자 졸업생들은 열악한 근무 환경과 계약 조건에 팔아넘겨진 채, 기숙사에서 도망치지도 못하고 노예처럼 일해야 했다. 사실상 알선 사기에 인신매매였다.

새벽이 종이와 펜을 꺼냈다.

「교장한테 자식이 있었어. 사립학교는 정부로부터 비성년자 관리를 위탁받은 민간 기관이야. 정부 지원금과 기부금 외엔 별

거 없을 텐데, 교장이 그 비싼 자식세를 내? 이상하길래 좀 털어
봤지.」

악어가 분노하는 와중에도 의아하다는 듯이 물었다.

「교장씩이나 되는데 애가 있는 게 이상하다고?」

「이사장도 아닌데 뭐. 바깥세상 기준으로 보면 이런 시골 수
용시설의 관리인 따윈 그냥 조무래기야.」

그렇게 단언하는 새벽의 옆얼굴을, 악어가 아주 미묘한 표정
으로 응시했다. 그러나 새벽은 악어의 복잡한 시선을 눈치채지
못한 채 계속 글을 써내려 갔다.

「다른 데도 돌렸어.」

글을 본 악어가 눈썹을 찌푸렸다.

「다른 데?」

「경찰, 언론, 국세청.」

악어가 코웃음을 치더니 펜을 빼앗았다. 그의 손이 날 듯이
움직였다.

「그거 다 한통속임. 싸워야 돼.」

새벽이 흠칫하더니 악어를 쳐다보았다. 하지만 악어는 개의
치 않고 계속 써내려 갔다.

「학교를 친다. 애들 모아서.」

악어가 쓴 글을 뚫어져라 응시하던 새벽이 입술만 움직여 물
었다.

'진심으로 하는 소리야?'

악어가 입을 굳게 다문 채 고개를 끄덕였다. 새벽이 고개를 흔들었다.

「폭력은 안 돼. 그보다 바깥과 연락을」

거기까지 쓰는데, 악어가 소리 내서 말했다.

"넌 뱅도 없냐?"

새벽의 손이 멈췄다. 무겁게 내리깔린 악어의 목소리가 뜨거웠다.

"이렇게까지 무시 당하고, 개돼지처럼 굴려져도 열 안 받냐? 바깥과 연락을 해? 하, 웃기시네. 모르겠어?"

악어가 공허하게 웃었다.

"우린 사육되고 있는 거야."

친구들과 대화할 때 자조하면서, 자신의 운명에 절망하고 좌절하던 순간에, 먹이고 입혀 준 은혜도 모르는 짐승이라며 매질이 날아들 때마다 속으로 중얼거렸던 그 말.

하지만 지금처럼 뼈저리게 실감한 적은 없었다.

저들은 우리를 인정하지 않는다.

우리가 똑같은 인간이라는 사실을 인정하지 않는다.

"세상이 우리를 인정하지 않는다면, 인정하게 만들어 주겠어. 내놓지 않겠다면 다 부숴 버리고서 빼앗겠어. 늙은이들이 안 죽어서 우리 몫이 없는 거라면,"

217

악어가 고요하게 선언했다.

"모조리 죽여 버리겠어."

아아, 그렇다. 진작 이랬어야 했다.

멍청하게 농락당하면서도 그 사실을 깨닫지 못하고 있었던 어제까지의 자신이 악어는 너무나도 증오스러웠다.

"그래선 아무것도 안 돼."

새벽이 메마른 목소리로 대꾸했다.

"어른들을 전부 적으로 돌려서 어떻게 이기겠다는 거야? 힘으로 부딪치면 우리가 일방적으로 깨질 거야. 폭력으로 해결할 수 있는 건 아무것도 없어."

"그럼 입으로는 해결할 수 있냐?"

악어가 새벽을 노려보았다.

"얘기가 통한다고? 말대답한다고 때리고, 말 안 듣는다고 때리고, 시킨 대로 안 한다고 때리는 저놈들과? 늦게 태어났고, 덜 자랐으니 당연히 지배당해야 한다는 늙은이들과? 대화하면 순순히 '네, 저희가 너무 많이 갖고 있네요.' 하면서 자기 거를 나눠 줄 것 같아? 넌 그게 문제야. 끝까지 어른들 눈치를 보는 게 네놈의 한계라고."

악어의 눈동자가 예리한 면도날처럼 서늘하게 빛났다.

"우리가 이 꼴로 사는 건 지구가 인간으로 꽉 차서야. 자기밖에 모르는 노친네들이 죽음마저 거부해서, 그래서 세상이 미친 거라고. 그럼 위부터 순서대로 죽이면 되잖아. 그게 왜 안 되는데? 생명은 소중하니까? 소중은 개뿔, 그럼 대체 언제까지 살아 있을 생각인데? 그 구린내 나는 숨구멍을 언제까지 할딱거릴 거냐고. 지네들 가진 걸 움켜쥐고서 우리는 태어나지도 못하게 해도, 영원히 살 권리를 자기들끼리만 돌려써도, 생명은 소중하니까 괜찮다 이거냐?"

한꺼번에 말을 쏟아 낸 악어가 거칠게 숨을 몰아쉬었다.

"폭력은 안 된다고? 사람을 죽여선 안 된다고? 스무 살이 되기 전까진 정신이 미성숙해서 어른이 아니라고? 스무 살 경계에 줄이라도 쳐 놨나? 누가 정했지? 그런 규칙을 도대체 누가 정했는데? 가진 놈들이야. 다 어른들이 정한 거라고. 우리가 태어나기 전에 모든 걸 차지하고, 자기 몫을 안 빼앗기려고 온갖 법을 만들고, 그걸 지키라고 우릴 세뇌한 건……."

악어가 주먹으로 벽을 내리쳤다.

"전부 저 개씹좆 같은 어른들이 해 놓은 짓이란 말이다. 그게 누굴 위한 규칙이지? 가진 놈들에게 유리한 규칙이잖아! 저들이 가르친 모든 것을 의심해야 돼. 그러지 않으면 세상을 넘어설 수 없어."

"정신 차려."

새벽이 악어의 말을 끊었다. 악어가 무서운 눈으로 새벽을 노려보았다.

219

"뭐야?"

"그래, 세상은 죽음을 잊어버렸어. 그래서 폭력을 엄청나게 혐오해. 그러니까, 그런 식으로 삐뚤어지면 우리 편이 될 사람들도 돌아선단 말야."

"하! 우리 편? 우리 편이 어디 있다고……."

"모조리 적으로 돌리고, 나쁜 놈 만들고, 침 뱉고 욕하면 속은 편하겠지. 하지만 인간은 그렇게 단순하지 않아. 자기 이익을 위해서만 움직이는 알기 쉬운 동물이 아니라고. 그게 아니라면 역사 속에서 옳은 일이라는 이유만으로 약자 편에 섰던 수많은 사람들의 행동을 설명할 수 없어."

새벽이 단호하게 말을 맺었다.

"세상은 힘과 폭력만으로 굴러가는 게 아냐. 머릴 좀 식혀."

악어의 얼굴이 일그러졌다. 하하, 하고 헛웃음을 짓던 그가 화장실 바닥에 침을 뱉었다. 그러고선 새벽에게 바짝 다가서더니 맹수처럼 으르렁댔다.

"좋아, 애완견. 갈라서자. 난 내 방식대로 간다. 넌 네 방식대로 해. 저 새끼들한테 실컷 대화를 시도하라고. 그게 먹히면 내가 네 발바닥을 핥는다. 될 리가 없지만."

말을 마친 악어가 화장실에서 나가더니 문을 쾅 닫고서 복도에 있는 패거리를 향해 물었다.

"서노아 어디 있어?"

일반 학생들만 수군대는 것이 아니었다. 메시지는 선도부원들에게도 빠짐없이 도착했던 것이다.

평소엔 목에 힘주고 거들먹거리지만, 선도부도 결국엔 비성년자와 성인의 갈림길에 서야 하는 학생이다. 그랬기에 모두들 다른 학생들과 마찬가지로 폭탄 맞은 듯한 충격에서 헤어 나오질 못하고 있었다.

취침 시간 직전에 지원이 신관으로 노아를 불렀다. 두 사람은 지원의 일인실에 마주 앉아 서로를 바라보았다.

'교사들 어때?'

노아가 입을 벙긋하며 묻자 지원이 말도 말라는 표정으로 손을 내저었다. 그러더니 손날로 목을 치는 시늉을 했다. 범인만 찾으면 잡아 죽일 분위기라는 뜻이다. 그러더니 글을 쓰기 시작했다.

「지금 선도부가 의심받고 있어.」

노아가 놀란 눈으로 지원을 바라보았다. 미간을 찌푸린 지원이 이어 썼다.

「교사들과 가까우니까 매트릭스 손댈 기회도 많다는 거임. 범인 빨리 안 잡히면 큰일 날 듯.」

지원이 입술을 깨물면서 글을 적었다.

「범인, 문도새벽 아냐?」

노아가 종이를 내려다보던 눈길을 들더니 입만 움직여 '왜?'

221

라고 물었다. 지원이 대답했다.

「이런 짓을 할 머리는 그놈밖에 없어.」

'학생이 어떻게? 교사겠지.'

노아의 반박에, 지원은 마지못해 고개를 주억거렸지만 표정이 석연찮았다. 노아가 한숨을 내뱉으며 팔짱을 꼈다. '그놈의 새벽 배후설은 좀 어떻게 안 되냐?'라는, 예전부터 지원에게 하고 싶었던 말이 새삼스레 입술을 간지럽혔다.

이오가 살아 있을 적에는, 지원의 모든 열등감과 적의가 이오를 향했다. 지원이 선도부장을 맡고 선도부를 헤이즈 세력으로 키운 것도, 이오를 이길 수 없다는 열등감 때문이었다. 사사건건 이오를 의식하는 지원의 태도는, 노아 눈에는 좀 불쌍하기까지 했다. 전교 이 등이 뭐가 그렇게 불만이라 일등에 목을 매나 싶었으니까.

이오가 죽은 뒤 염원하던 톱을 끝내 차지하기에 나아지려나 싶었건만, 이번에는 고의로 올빵을 맞은 새벽에게로 화살이 돌아갔다. 어떤 의미로는 더 심해졌다. 지원은 새벽이 스스로 일등을 걷어찼다는 사실을 인정하지 않았지만, 그 점수가 의도였다는 것이 너무도 명백한 탓에 혼란스러워했다. 올빵의 목적을 알 수 없는 만큼, 지원은 단검이 머리 위에 매달린 왕처럼 언제 '뒤치기'를 당할지 몰라 전전긍긍했다. 그런 지원으로서는 새벽 외에 이 사건의 배후를 생각할 수 없었다.

하지만 증거가 없었다.

「도청 쪽은?」

「남아 있는 레코딩 기록은 요 며칠 분량밖에 없고, 뒤늦게 전면 감시로 바꿨는데 걸리는 게 없네. 애들도 바보가 아닌 이상 입단속하겠지. 우리처럼.」

「몰카 기록은? 소지품 검사는?」

지원이 풀죽은 표정으로 손을 내저었다. 사건 이후에 선도부가 숙소는 물론이고 학생들 알몸까지 탈탈 털었지만, 별 수확이 없었던 모양이다. 지원이 다시 펜을 들었다.

「니가 빵삼을 족쳐 봐. 예전 검사 때 그놈이 매트박스를 갖고 있었어. 새벽과도 안면 있고. 숨긴 물건이 또 있을지도 몰라.」

「이번 검사 때는 안 걸렸다며? 증거도 없이 고물상한테 손대면 넘버즈랑 전면전이야.」

「튀기가 무섭냐? 내가 있는데? 이젠 이오도 없잖아.」

「아래쪽에도 사정이 있어. 쪽수도 딸리고 준비도 안 됐고.」

노아의 글을 본 지원이 얼굴을 찌푸렸다. 노아가 어깨를 으쓱하더니 펜을 다시 들었다.

「그냥 올빵 잡아.」

지원이 눈을 휘둥그렇게 떴다. '어떻게?'라고 묻는 그의 시선을 본 노아가 이어 썼다.

「올빵이 매트박스로 학교를 해킹하는 걸 본 애가 있다고 보고

223

해.」

「거짓말로 고발하라고? 미쳤어? 그러다 진짜 범인이 잡히면 좆될 텐데.」

지원이 반문하자 노아가 픽 웃었다. 틀림없이 새벽이 범인이랄 때는 언제고, 막상 잡아들이자니까 바로 꼬리를 내리는 모습이라니……. 노아가 펜을 들었다.

「목격 증언은 다른 놈한테 시킬 테니 걱정 마셔.」

「튀기가 알면 난리 나지 않아? 새벽은 튀기랑 한 패지?」

지원이 물었지만 노아는 고개를 저었다.

「올빵은 넘버즈가 아냐. 오공과 상관없어.」

지원의 눈매가 매서워졌다. 노아가 지원에게 물었다.

「고물상한테 압수한 매트박스 어디 있어?」

「폐기했어.」

「안 빼돌렸단 말야?」

지원이 어리둥절한 표정을 지었다. 그를 본 노아가 속으로 한숨을 쉬었다. 이 고지식한 자식, 어쩜 이렇게 요령이 없냐. 선도부장의 특권이 아깝다. 노아의 손이 날 듯이 종이 위를 달렸다.

「그럼 압수 기록 조작해. 그때 올빵이 매트박스 갖고 있었다고.」

헤이즈 주먹들에게 끌려온 창우가 겁에 질려 새하얗게 된 얼굴로 구관 화장실에 들어섰을 때, 먼저 와 있던 노아는 거울 속의 제 얼굴을 들여다보며 콧노래를 흥얼거리고 있었다. 창우를 본 노아가 손을 살래살래 흔들었다.

"안녕? 호모."

창우가 한층 더 움츠러들었다. 노아가 턱을 까딱하자 창우를 끌고 온 소년들이 화장실 밖으로 나갔다. 남은 것은 창우와 노아뿐이었다.

고양이 앞의 쥐처럼 벌벌 떨고 있는 창우의 어깨에 노아가 팔을 걸쳤다. 창우가 딸꾹질하듯이 움찔했다.

"어이."

"네…… 네."

창우가 넋이 나간 목소리로 중얼거렸다. 노아가 눈꼬리를 치켜올리며 사근사근하게 웃었다.

"그렇게 겁먹지 마. 오늘은 좋은 소식을 갖고 왔으니까."

"좋은 소식…… 이요?"

"그래. 애들이 더 이상 널 안 건들게 해 줄까 하는데."

의심과 공포로 범벅된 창우의 시선이 노아를 올려다보았다. 노아가 미소 띤 얼굴로 말했다.

"별거 아니야. 내가 하는 말만 따라 하면 돼. 그러면 다시는 호모 새끼라고 놀림받지 않을 거야."

그렇게 말한 노아가 주머니에서 접은 종이를 꺼내더니 펼쳤

225

다. 거기에는 이렇게 적혀 있었다.

「너는 올빼미 매트박스로 학교를 해킹하는 걸 봤어.」

창우가 화들짝 놀랐다. 노아가 물었다.

"그치?"

바들바들 떨던 창우가 가까스로 고개를 저었다. 노아가 눈살을 찌푸렸다.

"봤잖아?"

"저…… 전 몰라요. 정말……. 못 봤어요. 아무것도."

"새꺄, 그건 나도 알아."

"……네?"

창우가 혼란에 빠진 눈으로 노아를 응시했다. 노아가 창우의 엉덩이를 툭 쳤다.

"하지만, 넌 지금부터 본 거야."

얼어붙은 창우에게 노아가 입을 벙긋거리며 손짓으로 말했다.

'선생님한테 가서 그렇게 말씀드리라고. 알았어?'

그제야 무슨 말인지 알아들은 창우의 얼굴에서 핏기가 완전히 사라졌다.

"제, 제발 다른 사람한테…… 전 못하겠어요."

"못하긴 뭘. 말만 잘하네."

"제발 부탁이에요. 다른 거라면 뭐든지 할게요."

창우가 애원했지만 노아는 꿈쩍도 하지 않았다.

"봤지?"

창우가 다시 고개를 세차게 저었다. 노아가 미간을 찡그리며 창우의 어깨를 둘러싸고 있던 팔을 풀었다.

"손 좀 봐줘야 기억이 날 모양이네?"

다음 날 아침 조회 때도 훈화는 없었다. 어수선한 분위기도 그대로였다. 대화가 전부 도청되고 있다는 소문 때문인지 식당 안은 평소보다 조용했다. 막연한 불안과 기대감이 소년들 사이를 헤집고 다녔다.

수업 시작 직전, 갑자기 교실 문이 열리더니 세이버를 앞세운 교사들이 들이닥쳤다. 방금 지옥에서 올라온 저승사자처럼 분기탱천한 얼굴이었다. 학생들이 일제히 숨을 죽였다. 교사들은 다른 아이들을 돌아보지도 않고 곧장 새벽에게로 걸어갔다. 그제야 학생들은 상황을 눈치챘다.

가장 먼저 달려간 염 선생이 다짜고짜 새벽의 뺨을 올려붙였다. 짝! 자극적인 파열음이 교실 안에 메아리쳤다.

뺨을 때린 염 선생이 분을 억누르지 못해 떨리는 목소리로 말했다.

"문도새벽, 따라와."

새벽이 문제의 메시지를 뿌린 범인으로 지목되어 관리동으로 끌려갔다는 소문은 순식간에 교내 전체에 퍼졌고, 점심 즈음에는 그 사실을 모르는 사람이 단 한 명도 없었다.

식사 시간을 틈타 악어파와 노아파 중 몇 명이 본관 화장실에 모였을 때, 악어는 끌려간 새벽 얘기를 듣고 상당히 흥분한 상태였다. 그제야 악어를 통해 내막을 알게 된 노아가 어처구니없다는 표정을 지으며 입술과 손짓으로 물었다.

'그럼 교사들 착각이 아니라, 진짜로 올빼이 범인이란 거?'

악어가 사납게 노아를 노려보더니 대답 대신 벽을 걷어찼다. 대체 어떻게 놈들이 알았는지 모르겠다며 악어가 투덜거렸지만, 당연하게도 노아는 자기가 꾸민 일이라고 말하지 않았다. 대신 이렇게 말했다.

"우리한텐 잘됐네."

"뭐?"

악어가 눈을 험악하게 치떴다. 노아가 펜을 들었다.

「교사들이 범인 잡는다고 들쑤시고 다니면 우리가 맘대로 못 움직여. 하지만 이제 놈들은 당분간 개만 신경 쓸 거야. 그 틈에 준비를 해야지.」

노아의 글을 읽은 악어가 험상궂은 표정을 지었다.

그 말대로다. 메시지가 뿌려진 날 아침, 새벽과 갈라선 악어는 바로 노아를 찾아가 연합을 제의했다. 넘버즈와 헤이즈의 연합이라니, 예전 같으면 상상도 못할 일이다. 하지만 지금은 넘버즈도 헤이즈도, 아니 아이들 모두가 어른들의 횡포와 비리에 분노하고 있었다. '진짜 적은 어른들'이라는 말에 공감하지 않는 학생은 없었다. 그리고 아무도 꿈꾸지 못했던 일이 정말로 일어나 버렸다. 넘버즈와 헤이즈의 주먹들이 학교 점령을 목표로 뭉친 것이다.

노아가 계속 글을 적었다.

「한 번뿐인 기회야. 우리도 죽기 살기라고.」

다른 녀석들도 고개를 끄덕였다. 악어가 관자놀이를 문질렀다. 사실, 아무리 화내 봤자 이제 새벽을 관리동에서 데리고 나오는 일은 불가능하다. 그렇다면 지금 할 수 있는 일에 집중해야 한다. 노아의 말은 틀리지 않았다.

하지만 심장이 세차게 뛰었다. 납득할 수 없다는 것처럼. 악어는 고동 소리를 외면하려는 듯이 벽을 한 번 더 걷어찼다.

화장실에서의 비밀 모임을 끝낸 노아는 측근과 함께 식당으로 향했다. 잠자코 지하로 따라오던 소년이 노아의 어깨를 잡더니 몸짓과 입모양으로 물었다.

'처음부터 걔가 한 줄 알고 호모한테 고자질시킨 거야?'

노아가 웃으면서 고개를 가로저었다. 질문한 소년이 기가 막힌다는 듯이 말했다.

"우아, 근데 어떻게 찍어도 그놈이 딱 걸리냐. 대박."

"걔가 우리 제물이니까."

"뭐?"

"몬스터를 소환하려면 제물을 바쳐야 하잖아? 그거랑 똑같은 거야."

"무슨 소리야?"

어리둥절한 목소리를 들으면서, 노아는 오랜만에 옛 기억을 되살렸다. 노아가 자라난 산골에서는 항상 기도 소리와 찬송 소리가 들려오곤 했다. 종교적 이유로 산아제한법에 반발하는 신자들이 모여 아이들을 키우는 마을이었다. 결국 들켜서 풍비박산 나기는 했지만.

노아가 느릿하게 말했다.

"희생자가 있어야 돼. 제물의 피가 흘러야 그걸 본 사람들이 일어서고, 세상이 바뀌지. 사람이 그래. 희생이 없으면 움직이질 않아. 꼭 피를 봐야 일어서지."

우뚝 멈춰 선 노아가 뒤를 돌아보았다.

"그런데 골치 아픈 건, 아무나 제물이 될 수 없다는 점이야. 조건이 맞아야 하거든."

"조건?"

"그런 게 있어. 나나 악어가 십자가에 달린다고 일이 터질까? 지원 놈은 또 어떻고? 아니, 우린 안 돼. 조건이 안 맞아. 하지만……."

노아가 어두운 미소를 떠었다.

"그 녀석이 올빵 맞았을 때부터 알아봤어. 이놈은 우릴 위한 제물이라는 걸. 이제 조건이 갖춰졌지. 두고 봐, 이번 난리는 볼 만할 테니까."

16
문

　다음 날에도 새벽은 본관으로 돌아오지 않았다. 아이들의 등쌀에 견디다 못한(그리고 자신들의 호기심을 이기지 못한) 선도부원 몇 명이 교사들에게 개인적으로 접촉해서 알아본 결과, 유언비어 유포와 학교 명예훼손으로 처벌받는 중이라는 비공식적인 설명이 나왔다. 학생들 사이에서는 새벽의 처우를 놓고 온갖 흉흉한 소문이 돌았다.

　그러나 그 직후, 관리동으로 쏠려 있던 소년들의 눈길이 흩어질 수밖에 없는 사건이 일어났다.

　느닷없이 학교 교문 밖에 외부인들이 몰려왔던 것이다. 복장과 행동으로 보건대 기자 같았다. 식자재 배달 차량과 쓰레기 회수 차량을 제외하면 외부인들의 방문이 거의 없는 학교에 갑자기 기자들이 몰려와 기웃거리고 있으니, 학생들의 궁금증은 그 야말로 폭발 일보 직전이었다.

학교는 아침 조회를 취소하고, 교내 세이버를 모조리 동원하 여 연생장을 순찰시켰다. 그리고 외부인들과 접촉하면 엄벌한 다는 내용의 전체 공지를 학생들에게 뿌렸다. 하지만 몇몇 아이 들이 벽 너머로 기자들과 대화를 나누는 것을 끝내 막지는 못했 다. 그리고 그들이 알아낸 소식은 쓰나미가 해안을 뒤덮는 것 같 은 기세로 전교생에게 퍼져 나갔다. 소식을 들은 학생들은 또다 시 엄청난 흥분의 도가니에 빠져들었다.

"야, 악어, 악어!"

숨이 넘어갈 기세로 악어네 일당에게로 달려온 쫄따구 한 명 이 누구에게랄 것도 없이 말했다.

"들었어? 헉헉, 기자들, 얘기."

"뭔데, 뭣 좀 알아냈어?"

악어 패거리가 일제히 긴장하며 숨을 죽였다. 순식간에 주변 학생들이 그 자리로 모여들었다. 거친 호흡을 뱉어 내던 소년이 누가 먼저 말할 새라 황급히 입을 열었다.

"올빵이, 우리나라를 고발했대."

모인 학생들이 멍한 표정을 지었다. 누군가가 얼굴을 찌푸리 면서 재촉했다.

"야, 무슨 소리야? 알아듣게 설명을 해."

233

"문도새벽이 대한민국을 청소년 인권 유린 혐의로 국제인권위원회에 제소했대. 기자 말이, 청소년이 단독으로 국가를 고소한 건 우리나라에선 첫 사례래. 그 고소장이 전 세계 신문사에다 보내졌다고⋯⋯. 지금 밖에선 새벽이 올린 고발 영상이 좌악 돌고 있다는데?"

악어가 자리에서 벌떡 일어났다.

그래, 그러고 보니 새벽은 매트릭스를 통해 외부와 접촉하려고 교장실에 들어간 거였다. 하도 난리가 나는 바람에 잠시 잊고 있었지만, 메시지로 뿌린 비리 정보들은 본 목적이 아니라 우연히 발견한 덤이었다. 그렇다면, 그 자식이 매트릭스에서 꾸민 일이라는 게⋯⋯.

입을 다물지 못하던 악어가 중얼거렸다.

"하, 그 미친 또라이 새끼가⋯⋯!"

대한민국의 비성년자인 문도새벽이 국제인권위원회와 각종 언론사에 제출한 소장, 그리고 감시 카메라에 녹화된 교내 폭행 영상은 몇몇 미디어를 통해 소개되었고, 당연하게도 대한민국에서 가장 큰 반향을 얻었다. 청소년이 인권 유린으로 대한민국을 국제인권위원회에 제소한 것 자체도 전대미문이었지만, 소장과 함께 날아든 증언 영상 속의 발언자에 대한 관심도 뜨거웠다. 파리한 얼굴이나 칙칙한 교복도 사람의 호감을 사는 외모를 가릴 순 없었다. 게다가 소년은 언론사별로 각기 다른 언어를 구사하여 호소함으로써 보다 많은 사람들의 관심을 모으려 했다.

"저희는 학교에 갇힌 채 하루 열다섯 시간 이상 수업을 받습니다. 학습 이외의 다른 것에 흥미를 갖는 것은 금지되며, 복장, 두발, 이성교제 등 스스로에 대한 신체 결정권도 없습니다. 거부하면 체벌을 받습니다. 교실은 성적에 따라 카스트제도처럼 나뉘는데, 시험 점수로만 평가받기 때문에 색다른 재능을 가진 학생들은 자신을 열등생으로 여기며 좌절하고 절망합니다. 성적이 낮으면 노예처럼 모멸당할 뿐 아니라 장차 결혼, 출산, 투표 등의 권리를 빼앗겨 이등 시민으로 살게 됩니다. 그게 싫으면 일등을 하라고 가르치기 때문에, 마음을 열지 못한 채 주변의 모두를 적으로 여겨야 합니다. 이 끔찍한 상황을 견디다 못해 자살하는 학생도…… 있습니다."

영상 속의 소년이 잠시 눈을 감더니 무거운 한숨을 내쉬었다.

"대한민국은 교육이라는 명분 아래 우리의 몸과 마음을 학대하고 있습니다. 우리는 공부하는 기계가 아닙니다. 피와 살을 가진 인간입니다."

화면 너머의 소년이 처절한 시선으로 매달리듯이 정면을 바라보았다.

"제발 저희를…… 살려 주세요."

똑.

물방울이 떨어지는 소리가 들렸다. 새벽은 무기력하게 늘어진 채 그 투명한 소리를 들었다. 익사체가 된 것마냥 몸이 무거웠다. 암흑으로 가득한 세상은 소름 끼치도록 고요했다.

똑.

또다시 물방울 소리가 들렸다. 누가 머리맡에 서 있는 것 같다. 얼굴은 보이지 않았다. 하지만 누구인지 알 수 있었다.

똑.

물방울 소리가 송곳처럼 날카롭게 뇌리를 파고들었다. 무정하게 울리는 그 소리가 소름 끼치도록 아팠다.

어디선가 피 냄새가 났다.

아아, 그래. 난 이미 죽었구나. 무덤 속에 누워 있는 거야.

이오가 머리맡에서 날 기다리고 있어.

이오의 깨진 머리에서, 또다시 똑 하는 소리를 내며 핏방울이 떨어져 내렸다.

이오. 미안해. 내가 잘못했어.

이제 금방, 그곳으로 갈 테니까…….

누군가가 새벽의 머리를 있는 힘껏 갈겼다. 새벽의 부어오른 눈꺼풀이 움찔하더니 스르르 열렸다.

내내 깜깜하던 반성실에 불이 켜져 있었다. 눈앞에 보이는 것은 자신을 체벌하던 교사가 아니었다. 처음 보는 낯선 사람이 서 있었다. 그 옆에선 또 다른 사람이 뭔가를 찾는 것처럼 가방을 뒤적이는 중이었다.

바닥에 나동그라진 새벽을 내려다보던 낯선 이가 코웃음을 쳤다.

"끝내주는 몰골이군."

새벽은 굳이 대답하지 않았다. 그가 말을 이었다.

"네가 문도새벽이냐? 우리나라를 국제인권위원회에 제소한?"

이번에도 새벽은 대답하지 않았다. 다음 순간, 명치로 사내의 발길질이 날아들었다. 창자를 칼날이 쑤시는 것 같았다. 명치를 움켜쥔 채 쿨럭대며 뒹구는 새벽에게 사내가 태연하게 말했다.

"어른이 질문할 땐 예, 아니요로 대답을 해야지."

그렇게 말한 사내가 새벽의 옆에 쭈그리고 앉더니 담배에 불을 붙였다. 그가 담배를 우물대면서 불명확한 발음으로 넋두리했다.

"네놈 덕분에 우리 윗분이 뒤집어졌어요. 도대체 애들 교육을 어떻게 시키는 거냐고. 이러니까 애들한테 매트릭스 따윌 쥐어 주면 안 되는 거라고, 느슨하게 풀어주니까 앞뒤 분간도 못하고 배은망덕하게 조국을 국제사회에서 망신 주는 거라고 난리도 아니었다."

사내가 담배 연기를 새벽의 얼굴에 대고 내뿜었다. 숨이 막혔다. 열 때문에 바짝바짝 타 들어가는 목에서 긁어 대는 것 같은 기침이 터져 나왔다.

"와 보니까, 너 자기 학교도 욕했다며? 나 참, 학교로도 성이 안 차서 자기 나라에도 먹칠을 하냐? 엉? 인권위원회인지 뭔지, 이건 우리나라 주권 침해라고. 지네가 뭐라고 잘 돌아가는 남의 나라 일에 감 놔라 대추 놔라 하냐, 엉?"

"윽!"

새벽이 낮게 신음을 흘렸다. 목덜미가 불에 덴 것처럼 뜨거웠다. 새벽의 목에 담뱃재를 턴 사내가 말을 이었다.

"뭐, 그래 봤자 소용없지만. 벌써 미디어에 네 신상 명세랑 담임 인터뷰가 나갔어. 학교 반성실을 밥 먹듯이 드나들고, 불량아들과 어울리고, 심지어 전교 꼴등이었다며? 하! 꼭 공부 못하는 놈들이 제 잘못은 생각 안 하고 남 탓하지. 후속 뉴스가 나오면 그쪽도 금방 눈치챌 거다. 열등생 꼴통이 공부하기 싫어서 주제도 모르고 벌인 일이라는 걸 말야."

사내가 몸을 일으켰다. 그때, 잔뜩 쉰 목소리가 하얗게 갈라진 새벽의 입술에서 새어 나왔다.

"아무리 그래도……."

사내가 멈칫했다. 새벽이 여윈 시선으로 사내를 올려다보며 속삭였다.

"손바닥으로…… 하늘을 가릴 순 없어요."

"뭐?"

사내가 미간을 찌푸렸다. 새벽이 목소리를 비틀어 짜내듯이 힘겹게 말을 이었다.

"난 등록아동이었어요. 여기서 태어난…… 아이가 아니라고 요. 이제까지의 내 흔적을 모조리 지우고…… 조작하는 건 불가 능해요."

어처구니없다는 듯이 사내가 웃었다.

"그래서, 네 헛소릴 국제사회에서 믿을 거라고? 꿈도 야무지 다, 야. 거긴 뭐 한가한 사람들만 모여 있는 곳인 줄 아냐? 세계 의 온갖 문제를 해결하느라 공사다망하신 분들이라고. 겨우 십 몇 년 구른 십 대 꼬마의 말 하나 때문에 움직일 줄 아니? 잘났 다, 네가 그렇게 귀하신 몸이야?"

새벽이 뜨거운 숨을 토해 냈다.

"십 대도…… 인간이에요."

"너넨 성인이 아냐. 미성숙한 존재라고. 그러니까 어른의 지 도를 받아야지."

사내가 놀리는 것처럼 새벽의 이마를 툭툭 쳤다.

"싫으면 너네도 어른 해! 우리는 뭐 태어날 때부터 어른이었 는 줄 알아? 다 어린 시절을 거쳤어. 불공평한 세상에서 죽어라 고 노력하고, 공부해서 이렇게 성공한 거란 말이다. 노력은 안

하고 맨날 불평만 해 대니까 네가 이 모양 이 꼴이지."

큭큭 웃던 사내가 새벽의 앞머리를 붙잡아 올리면서 얼굴을 들여다보았다.

"네가 소장에다 그랬다며? 늦게 태어났다는 이유로 성인권도 못 받고 평생 이등 시민으로 살아야 하는 건 공정하지 못하다고 말이야. 우리가 죽어라고 좋은 세상 만들어 놨더니만, 한 거라곤 그냥 태어난 것밖에 없는 놈들이 입만 살았어. 뻔뻔한 것도 정도가 있지."

사내가 어깨를 으쓱했다.

"알겠냐? 세상은 말야, 원래 불공평한 거야. 왜 누구는 오랫동안 잘 먹고 잘 살고, 누구는 맨날 배를 곯다가 일찍 죽을까? 당연하지, 그게 자연의 순리거든! 사람이 순리대로 살아야지, 어디서 공평 불공평 같은 소릴 하고 자빠졌어? 생떼 쓰고 있네, 이 인간 쓰레기가."

새벽의 어깨가 마치 웃는 것처럼 들썩거렸다.

"쓰레기를 보면…… 그 주인이 보이지."

"뭐?"

"우릴 보면…… 당신들이 어떤 인간인지…… 알 수 있어. 당신들이, 우릴 버렸으니까……."

"무슨 개소리야?"

사내가 미간을 찌푸리더니 담배를 비벼 끄고 일어서서 새벽의 얼굴에 가래침을 뱉었다.

"어쨌든, 지금 체면을 세우려면 네 증언이 필요하거든. 제가 잘못 생각했다, 공부하는 게 너무 지겨워서 잠깐 미쳤었다, 이렇게 말야."

"누가…… 그딴 소릴 할 줄 알고……."

새벽이 힘없는 목소리로 고집스럽게 말했다. 사내가 끌끌 혀를 차더니 뒤에 있는 남자에게 눈짓을 했다. 남자가 손에 뭔가를 들고 다가왔다. 하얗고 가느다란 그것은 예리한 바늘이 꽂힌 주사기였다.

"아, 그야 그렇지. 시간을 들여서 네 생각을 바꿀 수도 있겠지만, 그건 귀찮은 데다 우리도 그렇게까지 야만적이진 않거든. 그러니까 네게도 내게도 더 편한 방법을 쓰기로 했다. 오케이?"

주사기를 본 새벽의 표정이 새하얗게 질렸다. 기어서라도 도망치려고 하는 새벽을 사내가 꽉 붙잡아 눌렀다. 주사기를 든 남자가 피와 먼지로 더러워진 새벽의 팔소매를 걷어 올렸다. 겁에 질려서 발버둥 치는 새벽의 목덜미를 사내가 다정하게 쓸어내렸다.

"쉬, 쉬…… 움직이면 혈관 찢어진다. 응? 잠깐 자고 일어나면 세상이 완전히 달라져 있을 거야."

몸이 간질 환자처럼 부들부들 떨렸다. 어떻게든 떨림을 멎게 하려고 어금니를 있는 힘껏 악물었지만 소용없었다. 대신 혀끝에 비릿한 피 맛이 느껴졌다. 무서웠다. 너무 무서워서 주체할 수가 없었다. 자신이 아닌 자신이 되어 버리는 것이.

이런 결말이 올 줄 알았으면, 차라리 관리동에서 빠져나오던 그날에 죽어 버릴 것을.

뾰족한 감촉이 팔에 닿았다. 새벽은 그만 눈을 감아 버렸다.

복도에서 커다란 고성과 소음이 들려온 것은 그때였다. 새벽을 누르고 있던 사내와 주사기를 막 꽂으려던 남자가 둘 다 움찔하더니 문 쪽을 돌아보았다. 그 순간, 문이 벌컥 열리더니 한 무리의 남학생들이 괴성을 지르며 그들에게 달려들었다.

"우오오오오오!!"

"뭐, 뭐야?"

놀란 사내가 벌떡 일어섰다. 그러나 학생들이 더 빨랐다. 맨 먼저 안으로 뛰어든 덩치 큰 소년이 달려드는 힘 그대로 사내의 얼굴을 맹렬하게 갈겼다. 사내가 벌렁 뒤로 나자빠졌다. 주사기를 들고 있던 남자도 남학생 두 명에게 붙들린 채 실컷 얻어맞는 중이었다. 새벽은 몽롱한 시선으로 눈앞에 펼쳐지는 비현실적인 광경을 바라보았다. 이게 다 무슨 일인지 상황 판단이 서질 않았다. 설마 약효 때문에 헛것을 보나?

누군가가 새벽을 붙들어 일으켰다. 귓전에서 고함 소리가 들렸다.

"있다! 여기 있어!"

"악어! 악어!"

낯익은 얼굴이 반성실 문 안으로 뛰쳐 들어왔다. 까무잡잡한
피부에 다부진 체격, 다름 아닌 악어였다. 한달음에 새벽을 둘러
싼 소년들에게로 달려온 악어가 새벽을 보더니 미간을 찡그리
고서 낮은 목소리로 중얼거렸다.

"이런, 이거 심한데."

새벽이 어리둥절한 눈으로 악어를 올려다보았다.

"악어……? 이게 다 대체……."

"됐고, 일단 여길 나가자!"

새벽의 팔을 어깨에 두르면서 부축해 일으킨 악어가 복도로
나갔다. 남학생들과 함께 1층으로 올라가니, 현관은 그야말로
아수라장이었다. 관리동 안으로 들어오려는 세이버와 진입을
막으려는 소년들이 뒤엉킨 채 난전을 벌이고 있었다. 누군가가
가쁜 목소리로 외쳤다.

"이런, 뚫리겠어!"

"위로! 위로 올라가!"

악어와 새벽, 그리고 학생들은 그대로 위쪽으로 향했다. 2층
계단을 오르는데 교사들이 각목과 몽둥이를 챙겨 들고서 앞을
막아섰다. 각목을 든 염 선생이 기세 좋게 소리를 질렀다.

"이 자식들! 감히 어디 신성한 관리동에서 지랄이야!!"

부우우웅, 각목이 세찬 바람 소리를 내며 소년들에게로 날아

들었다. 악어 앞에 서 있던 남학생이 머리를 숙이면서 첫 공격을
피하더니, 그대로 몸을 날려 염 선생 허리를 붙잡았다.

악어가 외쳤다.

"다 때려눕혀!"

"으아아아!"

같이 올라온 소년들이 일제히 교사들에게 덤벼들었다. 학생
들이 교사들을 밀어붙이자 위층으로 올라가는 길이 열렸다. 악
어는 그대로 새벽을 데리고서 위로 향했다. 악어가 빠른 걸음으
로 계단을 뛰어오르자 끌려 올라가던 새벽에게서 꺼질 듯한 신
음이 흘러나왔다. 악어가 당황한 얼굴로 새벽을 살폈다.

"미안, 많이 아프냐?"

"아냐…… 괜찮아."

그렇게 대답하는 새벽의 얼굴은 전혀 괜찮아 보이지 않았다.
악어가 새벽을 달랬다.

"조금만 참아, 응? 옥상에 가서 상황을 봐야겠어."

관리동 옥상 문을 열어젖히자 바람이 얼굴로 불어왔다. 덕분
에 정신이 좀 더 또렷해진 새벽이 눈을 깜박였다. 악어는 새벽을
부축한 채 옥상 가장자리로 향했다. 허리 높이의 난간 아래로 연
생장이 펼쳐졌다.

발아래의 연생장은 전쟁터로 변해 있었다. 수많은 소년들이
자신들을 진압하려는 세이버에 대항해 싸우고 있었다. 맨손으

로 달려드는가 하면, 연생장 가장자리에 깔려 있는 보도블록이
나 화단을 장식한 돌을 들어 집어 던졌다. 어디서 났는지 사다리
를 가져와서 학교를 둘러싼 벽을 타 넘으려고 분투 중인 학생들
도 있었다. 벽 바깥에서는 몰려든 취재진들이 학생들의 난투극
을 촬영하는 중이었다.

새벽이 넋 나간 표정으로 중얼거렸다.

"이, 이게 다 무슨⋯⋯."

"뭐기는. 아직 준비도 안 됐는데 저질러 버렸잖아. 네놈 때문
에."

악어가 투덜거렸다. 새벽이 놀란 눈으로 악어를 돌아보았다.

"나 때문에?"

"그래."

그렇게 말한 악어가 두 팔을 올리면서 괴성을 질러 댔다.

"아아아아아!"

악어의 고함을 듣고 옥상을 올려다본 소년들이 팔을 들어올
리며 마주 소리를 질렀다.

"우오오오오!"

엄청난 기세였다. 제아무리 경비 로봇이라도 고작 서른 대 정
도다. 몇 백 명이나 되는 사내애들이 달려드는데 그걸 제압하기
는 벅찬 모양이었다. 관리동은 창문이 다 깨지고 문도 거덜 나는
등 이미 외관이 너덜너덜해져 있었다. 함락되는 건 시간문제로

보였다.

　그때였다. 펑 하는 폭죽 같은 소리가 들려오더니 연생장이 뿌
옇게 물들었다. 매캐한 냄새가 코끝을 찌르는 것과 동시에 기침
소리와 신음이 격렬하게 쏟아졌다. 진압용 최루가스였다. 학생
들이 뿔뿔이 흩어져 도망쳤다. 이때를 놓칠세라 세이버들이 소
년들을 몰아치기 시작했다. 여기저기서 비명 소리가 울렸다.

　"젠장, 뭘 하는 거야!"

　발을 동동 구르던 악어가 가세하려는지 옥상 입구 쪽으로 달
려갔다. 새벽은 난간을 꽉 붙잡고서 넋을 놓은 채 눈앞의 광경을
바라보았다. 바닥에 쓰러진 학생들이 컥컥대면서 고통스러운
듯 꿈틀대고 있었다. 퍼엉! 최루가스가 재차 터졌다. 개미 박멸
용 살충제처럼 보이는 뿌연 가스가 연생장의 학생들을 다시 집
어삼켰다. 새벽이 어금니를 악물면서 난간을 내리쳤다.

　'어떻게 이런 야만적인 짓을……'

　연생장의 분위기가 순식간에 열세로 뒤집힌다. 이대로 있다
간 모조리 진압 당하는 건 시간문제다. 다시는 저항할 생각 못하
도록 흠씬 얻어터진 다음에 어제와 같은 나날로 돌아갈 것이다.
역시 다 소용없다는 패배감을 안고서.

　'그뿐만이 아니야.'

　목덜미를 쓰다듬던 남자의 징그러운 손길이 새삼스레 되살
아났다. 새벽의 얼굴에서 핏기가 사라졌다. 그들은 이미 자신을

246

어떻게 처분할지 결정했다. 다시 붙들리면 이제까지의 자신을 잃고, 정신을 개조 당한 다음에 꼭두각시 인형으로 움직이게 될 테지.

새하얀 절망이 발밑에서 바람을 타고 뭉게뭉게 일어나는 것을, 새벽은 절박한 심정으로 바라보았다. 팔뚝에 닿았던 날카로운 감촉이 아직 생생하다. 그 바늘이 여전히 자신을 겨누고 있다. 벗어날 길이 없다.

그럴 바엔, 차라리…….

새벽은 난간을 단단히 붙들고서 다리를 올렸다. 힘을 잃은 팔다리가 후들거려서 난간을 넘어가기가 쉽지 않았다. 난간 바깥에 선 다음 양팔을 뒤로 펼쳐서 난간을 붙들었다. 벽 너머로 몰려든 취재진의 모습이 시야에 들어왔다. 그들의 시선이 이쪽으로 집중되는 것을 알 수 있었다.

새벽을 발견한 것은 취재진만이 아니었다. 최루가스를 피해 본관 현관으로 물러선 노아 역시 새벽이 관리동 옥상의 난간 밖에 서 있는 것을 보았다. 노아가 눈을 부릅떴다. 번개를 맞은 것처럼 등골에 전율이 흘렀다.

'드디어!'

새벽은 발밑을 내려다보았다. 최루가스 너머에서 아지랑이처럼 일렁이는 콘크리트가 차가워 보인다. 식은땀이 비 오듯이 흘렀다. 덜덜 떨리는 턱을 진정시키기 위해 시선을 들었다.

연생장 너머 정면에 본관이 있었다. 이오가 뛰어내렸던 본관 옥상이 눈에 들어왔다.

새벽이 타 들어가는 입술을 떼었지만 목소리는 나오지 않았다.

'이오.'

그때 이오는, 어떤 심정으로 뛰어내렸을까. 어떻게 그럴 수 있었을까. 이토록 높은 곳에서, 너무나도 무서운 허공에서, 모든 이가 쳐다보는 가운데 오로지 홀로 고독하게.

지금이라면 알 것 같다.

'보여 주고 싶었던 거야.'

이 고통을, 절망을, 다름 아닌 나에게. 영원히 지워지지 않도록, 눈에 아로새기기 위해서.

'그가 날 기다리고 있어.'

새벽은 벽 너머의 취재진을 한 번 더 바라보고, 아래를 내려다본 다음, 눈을 감았다.

난간을 붙들고 있던 손끝에서 거짓말처럼 힘이 빠져나갔다. 앞으로 기울어진 몸이 붕 떠올랐다.

"이 바보 자식아!"

덜컥, 끈이 잘린 인형처럼 아래로 떨어지던 새벽의 몸이 허공에 대롱대롱 매달렸다. 깜짝 놀란 새벽이 눈을 떴다. 일그러진 악어의 얼굴이 보였다. 난간 너머에서 버티고 선 악어가 새벽의 팔을 단단히 붙들고 있었다. 한 손으로 사람의 무게를 감당하려니 아무리 힘 좋은 악어라도 힘겨운지 땀방울이 후드득 떨어졌다. 새벽이 경악해서 외쳤다.

"악어!"

"윽…… 으아앗!"

악어가 기합을 넣으며 새벽을 끌어 올리려고 했다. 하지만 팔만 잠깐 덜컹 흔들리고 말았다. 붙들고 버티는 것만도 벅차 보였다. 새벽이 애타는 목소리로 말했다.

"악어, 나는……."

"됐어, 이 새끼야! 넌 이제 말하지 마! 네 설교엔…… 질렸다고!"

악어가 헐떡거리면서 띄엄띄엄 말했다. 험상궂은 미간에 굵은 주름이 팼다.

"너, 말도 안 듣고, 맨날 개소리나 늘어놔서…… 짜증나지만, 이건 아니지! 어디서 멋대로 뒤지려고 그래! 뒈질래?"

모순된 협박을 늘어놓던 악어의 시선이 새벽의 눈과 정면으로 부딪쳤다. 당황한 새벽의 눈동자가 어쩔 줄 몰라 하며 흔들렸다.

그 순간, 악어는 새벽과 얘기할 때마다 느꼈던 위화감의 정체를 알 것 같다는 생각이 들었다. 입만 산 놈이라고 생각했기에 짜증스러웠지만, 이 녀석의 한결같은 눈은 싫지 않았다. 그랬기에 결국 이런 미친 짓까지 저지르게 된 것이리라. 아무리 을러도 때려도 흔들리지 않던 그 눈동자가 절망에 물드는 걸 보고 싶지 않았으니까.

새하얗게 질린 새벽의 입술이 열렸다.

"하지만, 이오가……."

"뭐? 이오가 어쨌다고?"

"이오가 날 기다리고 있어……."

악어가 헉헉대면서 새벽의 말을 잘랐다.

"뭐? 걔가? 아냐, 안 그래. 걔 친구 많아. 왜 널 기다려? 착각이야, 착각."

되는 대로 내뱉던 악어가 불현듯 입을 다물었다. 그러더니 큰 소리로 외쳤다.

"그래, 미안하다! 이오 따라 죽으라고 한 거, 미안하다고! 네 탓이 아니란 거 알아. 전혀 원망 안 하니까…… 그쪽 손도, 이리 줘!"

악어가 힘껏 손을 내밀었다. 그때였다. 악어 옆으로 누군가가 달려와 팔을 내뻗었다. 눈물 콧물로 뒤범벅된 얼굴에, 색깔이 다른 두 눈동자. 한창우였다. 창우가 울면서 새벽을 향해 팔을 뻗고 있었다.

"새벽아! 손! 손 줘!"

"야아, 애송이! 빨리 손 안 내놔?"

악어와 창우가 동시에 악을 썼다. 새벽은 멍하니 두 사람을 올려다보았다. 갑자기 처지도 잊고서 웃음을 터뜨리고 싶어졌다.

이오가 죽은 후, 밤이면 항상 악몽을 꾸었다. 수많은 눈동자에 규탄당하고, 죽어 마땅하다고 모두가 등을 떠미는 그런 꿈. 끈적하고 음습한 암흑 속에서 매번 필사적으로 절규했다.

제발, 누구라도 좋으니까 나에게

살아도 괜찮다고 말해 줘.

천천히, 새벽이 다른 쪽 팔을 들어 올렸다. 창우가 있는 힘껏 손을 내밀었다. 허우적대던 손가락이 맞은편의 손끝과 만나 단단히 얽혔다. 창우가 눈물을 흘리며 새벽을 향해 웃었다. 새벽도 미소 지었다. 악어가 뭐라고 투덜거렸다.

허공에 떠 있던 두 다리가 조금씩 위로 올라가기 시작했다.

작가의 말

졸업한 후, 십 몇 년 만에 학교를 방문했다가 깜짝 놀랐습니다.

담장 같은 귀여운 표현은 결코 사용할 수 없는, 족히 5미터도 넘을 듯한 장벽이 서쪽을 둘러치고 있었습니다. 남쪽을 막은 투명한 벽 위에는 철조망이 얽혀 있었고, 북쪽 돌벽 위에는 유리조각들이 촘촘히 박혀 있었습니다. 학교가 아니라 교도소에 들어선 것 같은 공간 설계가 제겐 너무나 충격적이었습니다.

그 벽을 세운 책임자들은 뭔가 이상하다는 위화감을 조금도 느끼지 못했던 것일까요? 아니면 제가 외부인이 되었기 때문에 비로소 이 공간의 기이함을 알아보게 된 것일까요?

『밀레니얼 칠드런』의 이미지는 거기서 태어났습니다.

십 대는 입을 빼앗긴 세대입니다. 성인들은 모두 각 세대의 입장을 대변할 수 있는 작가나 매체를 가지고 있습니다. 하지만 십 대 작가는 극히 드물며, 언론인이나 미디어는 말할 것도 없습니다. 십 대에게 공식적으로 허락되는 것은 타 세대에서 빌려 온 대변인 정도고, 그조차도 마이크를 베푸는 권한은 성인들에게 있습니다.

그렇기에, 주제넘지만 청소년 소설을 쓰는 이상 오로지 십 대의 입장에서 말하려 했습니다. 그 시절의 저에게 늦게나마 입을 주고 싶었습니다.

다 쓰고 나서는 좀 과격한가 고민하기도 했습니다만, 세월호의 비극을 보며 과격하기는커녕 턱없이 미지근하다고 생각하게 되었습니다. 현실의 야만성은 이 정도가 아닌데, 실력이 부족해서 따라잡을 수 없는 것이 안타깝습니다.

『밀레니얼 칠드런』을 쓸 때만은 모든 것을 잊고 행복할 수 있었습니다. 약점투성이인 졸고를 받아들여 주신 심사위원 선생님들과 비룡소의 편집부 여러분께 감사드립니다. 창작 따윈 꿈도 못 꾸던 절 이끌어 준 예린 님과 새롬이, 저의 첫 독자였던 한솔 님과 솔아에게도. 이분들과 만나지 못했다면 저는 아무것도 아니었습니다.

장은선

블루픽션 76

밀레니얼 칠드런

1판 1쇄 펴냄   2014년 11월 21일
1판 15쇄 펴냄   2024년 4월 11일

지은이 장은선
펴낸이 박상희
편집주간 박지은
편집 장은혜
디자인 박진범

펴낸곳 (주)비룡소
출판등록 1994년 3월 17일 제16-849호
주소 06027 서울시 강남구 도산대로1길 62 강남출판문화센터 4층
전화 02)515-2000 팩스 02)515-2007
홈페이지 www.bir.co.kr
제품명 어린이용 반양장 도서 제조자명 (주)비룡소 제조국명 대한민국 사용연령 3세 이상

ISBN 978-89-491-2336-3 44800
        978-89-491-2053-9 (세트)

이 도서의 국립중앙도서관 출판시도서목록(CIP)은 서지정보유통지원시스템 홈페이지(http://seoji.nl.go.kr)와
국가자료공동목록시스템(http://www.nl.go.kr/kolisnet)에서 이용하실 수 있습니다.
(CIP제어번호 : CIP2014032800)

26. 하이킹 걸즈 김혜정 글

블루픽션상, 한국문화예술위원회 우수문학도서, 책따세 추천 도서, 학도넷 추천 도서

27. 지구 아이 최현주 글

제11회 블루픽션상 수상작

28. 나는 브라질로 간다 한정기 글

황금도깨비상 수상 작가, 소년조선일보 추천 도서, 중앙일보 추천 도서

29. 키싱 마이 라이프 이옥수 글

한국문화예술위원회 우수문학도서, 어린이도서연구회 권장 도서, 교보문고 추천 도서,
전국독서새물결모임 추천 도서, 학교도서관저널 추천 도서

30. 꼴찌들이 떴다! 양호문 글

블루픽션상, 행복한 아침독서 추천 도서, 교보문고 추천 도서, 책따세 추천 도서,
경기도학교도서관사서협의회 추천 도서, 중앙일보 북클럽 추천 도서

31. 우연한 빵집 김혜연 글

문학나눔 선정 도서, 학교도서관저널 추천 도서, 책따세 추천 도서, 아침독서 추천 도서,
어린이도서연구회 추천 도서

32. 생쥐와 인간 존 스타인벡 글/ 정영목 옮김

미국 도서관 협회 선정 도서, 국립어린이청소년도서관 추천 도서

33. 두 개의 달 위를 걷다 샤론 크리치 글/ 김영진 옮김

뉴베리 상, 미국 어린이 도서상, 스마티즈 북 상, 영국독서협회 상 수상작,
경기도학교도서관사서협의회 추천 도서, 학도넷 추천 도서

36. 서쪽 마녀가 죽었다 나시키 가오 글/ 김미란 옮김

소학관 문학상, 일본 아동문학가협회 신인상, 한국간행물윤리위원회 청소년 권장 도서,
어린이도서연구회 권장 도서, 아침독서 추천 도서, 책따세 추천 도서

37. 닌자걸스 김혜정 글

전국학교도서관담당교사모임 추천 도서, 아침독서 추천 도서

38. 첫사랑의 이름 아모스 오즈 글/ 정회성 옮김

안데르센 상, 제브 상

39. 하니와 코코 최상희 글

블루픽션상, 사계절문학상 수상 작가, 학교도서관저널 추천 도서

40. 파랑 치타가 달려간다 박선희 글

제3회 블루픽션상 수상작, 학교도서관저널 추천 도서, 아침독서 추천 도서,
어린이도서연구회 권장 도서, 책따세 추천 도서, 문화체육관광부 우수교양도서

41. 나는, K다 이옥수 글

학교도서관저널 추천 도서

42. 어쩌자고 우린 열일곱 이옥수 글

한국도서관협회 우수문학도서, 학교도서관저널 추천 도서

43. 앉아 있는 악마 김민경 글

　　⊙ 계속 출간됩니다.